AF292145

3 Avril 1895.

P

Collection

CHARLES ANTIQ

PREMIÈRE VENTE

IMPRIMERIE DE L'ART

CATALOGUE

DES

ANCIENNES FAIENCES

FRANÇAISES ET ÉTRANGÈRES

Nevers, Rouen, Sinceny, Moustiers, Marseille, Niderviller
Sceaux, Strasbourg, Lille, Alcora, Delft, Urbino, Faenza, Pesaro
Deruta, Castelli, Milan, Hispano-Moresques, Perse, etc.

COMPOSANT

LA COLLECTION DE M. CHARLES ANTIQ

ET DONT LA VENTE AURA LIEU A PARIS

Par suite de son décès

HOTEL DROUOT, SALLE N° 6

Les Mercredi 3, Jeudi 4, Vendredi 5 et Samedi 6 Avril 1895

à deux heures

PAR LE MINISTÈRE DE

Me PAUL CHEVALLIER, commissaire-priseur

10, rue de la Grange-Batelière, 10

ASSISTÉ DE

M. CAILLOT, expert

17, rue Lafayette, 17

EXPOSITIONS

PARTICULIÈRE	PUBLIQUE
Le Lundi 1er Avril 1895	**Le Mardi 2 Avril 1895**

DE UNE HEURE ET DEMIE A CINQ HEURES ET DEMIE

CONDITIONS DE LA VENTE

La vente sera faite expressément au comptant.

Les acquéreurs paieront *cinq pour cent* en sus des adjudications.

L'Exposition mettant le public à même de se rendre compte de l'état et de la nature des objets, il ne sera admis aucune réclamation une fois l'adjudication prononcée.

Paris. — Imp. de l'Art, E. Moreau et Cⁱᵉ, 41, rue de la Victoire.

ORDRE DES VACATIONS *

Le Mercredi 3 Avril 1895

Faïences de Nevers, première époque . . . . Nos	1 à	9
Faïences de Nevers, décor à fond gros bleu	18	28
Faïences de Nevers, décors variés	40	56
Faïences de Rouen, décor à fond jaune	75	77
Faïences de Rouen, décor bleu	78	89
Faïences de Rouen, décor bleu et rouge	121	132
Faïences de Rouen, décor polychrome.	156	193
Porcelaine de Rouen, pâte tendre	271	
Faïences de Niderviller	314	321

Le Jeudi 4 Avril 1895

Faïences de Nevers, première époque . . . . Nos	10 à	17
Faïences de Nevers, décor à fond gros bleu	29	39
Faïences de Nevers, décors variés	57	74
Faïences de Rouen, décor bleu	90	106
Faïences de Rouen, décor bleu et rouge.	133	144
Faïences de Rouen, décor polychrome.	194	232
Faïences de Sinceny.	272	287

Le Vendredi 5 Avril 1895

Faïences de Rouen, décor bleu. . . . . Nos	106 à	120
Faïences de Rouen, décor bleu et rouge.	145	155
Faïences de Rouen, décor polychrome.	233	270
Faïences de Moustiers.	288	302
Faïences de Marseille	303	313
Faïences de Sceaux	322	330
Faïences françaises diverses	331	343
Faïences d'Alcora	365	373

** N. B. — L'ordre numérique ne sera pas suivi.*

T. S. V. P.

Le Samedi 6 Avril 1895

Faïences de Delft . . . . .— . . . . Nos 344 à 364
Faïences hispano-moresques. 374   380
Faïences orientales 381   406
Faïences italiennes. 407   472
Vitrines 473   476

PRÉFACE

E fut une bien triste nouvelle pour tous ceux qui s'occupent de curiosités, le jour où ils ont appris la mort de M. Charles Antiq; ils en ont été tous surpris et peinés, car on peut dire qu'il n'était pas un amateur, pas un marchand, qui ne connût cet homme si sympathique et si bon pour tous; aussi sa perte a-t-elle été vivement ressentie par ses nombreux amis.

M. Ch. Antiq était Parisien de naissance : doué d'une imagination vive, tout ce qui était grand, tout ce qui était beau, le captivait; aussi, dans le feu de la jeunesse, séduit par l'attrait de l'inconnu, il s'était fait marin. Ce fut là son début. Après de nombreux et intéressants voyages, il revint en France, et dès lors il avait trouvé sa voie; son goût naturel pour le beau, avivé par le souvenir des scènes variées, souvent grandioses qu'il lui avait été donné d'admirer, l'amena à se livrer à la peinture.

Malheureusement, artiste peintre, il ne put l'être longtemps, car ses yeux, fatigués par un excès de travail, l'obligèrent, et bien à regret, d'y renoncer sous peine de perdre la vue. Devant cette nécessité, il fallait à cet homme distingué une nouvelle orientation ; c'est alors que, ne pouvant se passer de s'occuper d'art, il s'adonna à la céramique et se mit à la recherche des faïences anciennes, avec la même passion et la même ardeur qu'il mettait à sa peinture. Cette idée lui vint de ses souvenirs d'enfance, de ses vacances passées dans une faïencerie près de Beauvais, où les différents procédés de fabrication l'avaient toujours vivement intéressé.

Ce fut donc l'origine de cette collection unique dans son genre, et comme à cette époque les faïences anciennes ne manquaient pas, il était plus facile qu'aujourd'hui pour les collectionneurs de faire des trouvailles, surtout pour les rares amateurs qui savaient choisir, et M. Antiq était du nombre ; aussi va-t-on trouver dans ses ventes des pièces du plus haut intérêt et de la plus grande rareté.

Artiste de tempérament, il avait un goût exquis ; tout ce qui touchait à l'art le séduisait, même en dehors de la céramique, témoin ce magnifique marteau de porte en bronze, chef-d'œuvre de la renaissance italienne, qu'il a laissé au Musée de Cluny. Il possède aussi de grandes et superbes tapisseries anciennes, qui passeront prochainement dans une de ses ventes, et que se disputeront les amateurs les plus difficiles. Mais, certes, les faïences, avec leurs couleurs si éclatantes et si variées, lui plaisaient davantage ; elles lui donnaient l'illusion de sa palette délaissée malgré lui. Il revivait avec son art, lorsqu'en regardant un de ses objets, il reconnaissait la main. d'un artiste, dans l'arrangement d'un bouquet ou dans la composition d'un décor irréprochable.

Il avait la réputation, la plus justifiée, du reste, d'un collectionneur émérite et d'un amateur de goût fin et délicat, ce qui lui a permis, depuis trente ans qu'il a assisté à toutes les grandes ventes qui se sont faites à l'Hôtel Drouot, de savoir y choisir, parmi les plus beaux échantillons, ceux qui pouvaient lui manquer. M. Antiq avait une grande qualité et, dans sa modestie, il en était fier : c'était de n'être jamais jaloux de ce que les autres possédaient ou pouvaient trouver. Il ne s'occupait que d'une chose : compléter sa collection ; aussi, à côté d'un objet très cher, il n'en négligeait jamais un plus ordinaire s'il présentait un côté artistique, soit par la forme, soit par le décor.

Dans chaque exposition, au Champ-de-Mars, au Trocadéro, au Palais de l'Industrie, on était sûr de le trouver, toujours prêt à rendre service, non seulement pour prêter ses faïences, mais encore pour s'occuper du soin artistique et difficile de les présenter au public.

La collection de M. Antiq est remarquable par son ensemble ; on pourrait même presque dire qu'elle est la plus complète, tant par le nombre que par la qualité ; elle représente l'histoire entière de la faïence. Non seulement on y trouve tous les spécimens des fabrications françaises des XVIIe et XVIIIe siècles, mais encore des échantillons nombreux et bien choisis des faïences italiennes, hispano-moresques, persanes, etc., etc. Cet ensemble de céramique était tellement intéressant à tous les points de vue, que M. le Docteur Warmont, que tout le monde a connu (un fanatique de la faïence, lui aussi), lui a consacré une étude spéciale et approfondie qu'il a publiée sous le titre : « Une Collection parisienne ».

Ce n'est donc pas la collection d'un inconnu qui va se disperser sous le marteau de Mᵉ Chevallier, commissaire-priseur, assisté de M. Caillot comme expert. Nul, mieux que ce dernier, qui est spécialiste, n'était placé pour diriger les ventes de cette importante collection, qu'il a vu se former lentement et méthodiquement.

Il est à souhaiter que nos musées puisent dans cette suite de céramique, nombreuse et unique dans son genre, les spécimens introuvables qui leur manquent, et que probablement ils ne retrouveront pas de sitôt l'occasion d'acquérir. M. Antiq l'avait si bien compris qu'il a laissé en mourant, comme legs au Musée de Cluny, cinq pièces en faïence de Rouen de la plus grande rareté (deux sucrières jaune d'ocre et trois râpes à tabac), qui n'ont leurs équivalentes dans aucun musée.

G. Papillon.

DÉSIGNATION DES OBJETS

FAIENCES FRANÇAISES

NEVERS

PREMIÈRE ÉPOQUE

1 — Petit plat creux avec un large marli, décor polychrome. Au fond se trouve saint Jean dans un paysage
à fond jaune ; dans le bas du marli, qui est entièrement couvert de rinceaux à deux tons de jaune sur
fond bleu, se trouve une tête dans un médaillon également fond bleu.
Pièce très rare.

Diam., 3o cent.

2 — Assiette à large marli et de décor polychrome. Au
fond, dans un médaillon, un paysage avec deux personnages musiciens. Le marli est entièrement couvert
d'un décor d'arabesques dans le goût des faïences
d'Urbino. La seule connue de ce genre.
Au revers : May 1644.

Diam., 24 cent.

3 — Pot à eau à anse torse avec large ouverture et déversoir, décor polychrome d'enfants placés sur des

cygnes, dauphins et feuillages sur fond bleu simulant les flots.

Haut., 24 cent.

(Vente de Mᵐᵉ d'Yvon.)

4 — Gourde à panse aplatie, col étroit, deux anses destinées à passer les cordons de suspension ; décor bleu sur fond jaune ; chacune des faces est occupée par un médaillon : dans l'un, Vénus couchée à terre joue avec l'Amour ; dans l'autre, Vénus couvre d'un voile l'Amour endormi.

Haut., 285 millim.

(Vente du Sartel.)

5 — Petit cornet à huit pans, décor polychrome composé de tritons, amours, dauphins et cygne sur un fond bleu simulant les flots.

Haut., 18 cent.

6 — Plat creux à large marli en décor camaïeu bleu ; au centre, personnage lisant dans un paysage ; au marli, personnages, oiseaux et habitations.

Au revers, signé : De Conrade à Nevers.

Diam., 295 millim.

7 — Petit plateau de décor polychrome en plein, sujet composé de cinq enfants jouant dans un paysage sur fond vert ; au bord se trouve un large filet jaune.

Diam , 18 cent.

8 — Petit plateau de décor polychrome en plein, sujet composé de Vénus et l'Amour endormis ; auprès se trouvent deux enfants dans un paysage fond vert ; au bord, large filet jaune.

Diam., 18 cent.

9 — Petit soulier avec talon vert; sur le dessus se trouve une femme ailée ayant sur la tête un panier de fleurs ; sur les côtés, deux têtes parmi des rinceaux ; le tout en décor polychrome.

Long., 15 cent.

10 — Assiette à décor polychrome en plein. Le sujet est composé d'un amour placé sur un cygne dans l'eau, d'arbres et de roseaux. Au bord, filet bleu.

Diam., 22 cent.

11 — Assiette à décor polychrome en plein. Le sujet est composé de Vénus et l'Amour dans un paysage avec montagnes, arbres et roseaux. Au bord, filet bleu.

Diam., 22 cent.

12 — Bouteille à long col, de forme surbaissée, décor polychrome en plein ; sur la panse, deux grands médaillons de sujets champêtres à fond jaune. Le col est avec des ornements en vert et bleu sur fond jaune.

Haut., 315 millim.

13 — Gourde à panse aplatie, avec bouchon en étain se vissant ; décor polychrome sur un fond manganèse : d'un côté, amours et oiseaux, de l'autre, d'un sujet de chasse.

Haut., 34 cent.

14 — Grande potiche à décor de sujets mythologiques en camaïeu bleu ; on voit représentés, à la partie inférieure du vase, les flots de la mer avec dieux marins, enfants et dauphins.

Haut., 38 cent.

(Vente Fetis.)

15 — Vase forme potiche double, cul-de-poule et pied élevé ; décor polychrome sur fond vert d'eau, à rosaces et médaillon réservé, occupé par des fleurs.

Haut., 35 cent.

(Vente du Sartel.)

16 — Assiette à large marli et décor camaïeu bleu ; au fond, une femme dans un paysage ; au marli, deux médaillons séparés par des ornements composés de bustes de femmes.

Diam. 24 cent.

17 — Deux bras-appliques porte-lumière en forme de médaillon encadré de moulures, représentant des pages en haut-relief et tenant dans la main droite le récipient destiné à recevoir la bougie ; le costume est polychrome.

Haut., 40 cent.; larg., 27 cent.

NEVERS

DÉCOR A FOND GROS BLEU DE PERSE

18 — Grand vase de pharmacie, couvert, sur piédouche, avec deux grosses anses torses au-dessous desquelles se trouvent deux mascarons. Le décor est composé de fleurs, feuillages et oiseaux en blanc fixe sur fond gros bleu. D'un côté on trouve l'inscription : Mythridat. Ce vase provient de la pharmacie de l'hospice de Moulins.

Haut., 71 cent.

19 — Grande gourde à panse de forme aplatie, avec cou-

lants et passants ; décor en plein de fleurs et oiseaux
en blanc fixe et deux tons de jaune sur fond gros
bleu.

Haut., 32 cent.

20 — Potiche de forme élancée à décor en plein de fleurs,
oiseaux et ornements variés en blanc fixe et jaune
citrin sur fond gros bleu.

Haut., 275 millim.

21 — Cornet de forme évasée avec renflement à la partie
inférieure, décoré de fleurs et feuillages en blanc fixe
et jaune sur fond gros bleu.

Haut., 275 millim.

22 — Assiette à large marli, décorée au centre d'un médaillon avec oiseau, fleurs et feuillages. Au marli, une
bande d'ornements en enroulement.

Diam., 245 millim.

23 — Assiette à large marli, décorée au fond d'un bouquet
de tulipes et feuillages. Le marli est entièrement couvert de fleurs et feuillages en enroulement, le tout en
blanc fixe et deux tons de jaune sur fond gros bleu.
Très belle assiette.

Diam., 24 cent.

24 — Petite gourde de forme aplatie, à coulants et passants, décorée de fleurs et feuillages en blanc fixe et
deux tons de jaune sur fond bleu.

Haut., 21 cent.

25 — Petite potiche à double renflement, décorée d'ornements variés en blanc fixe sur fond gros bleu.

Haut., 13 cent.

(Vente Michel Pascal.)

26 — Petite potiche décorée de deux médaillons où se
trouvent des fleurs; ils sont séparés par des quadrillés en blanc fixe sur fond gros bleu.

Haut., 13 cent.

(Vente Michel Pascal.)

27 — Petite bouteille à col élancé, à décor de bouquets
de fleurs, d'oiseaux et d'ornements en blanc fixe sur
fond gros bleu.

Haut., 225 millim.

28 — Écuelle ronde à oreilles plates découpées ; au fond,
dans un médaillon, entouré d'une frise à enroulement, se trouvent sainte Anne et la Vierge ; à
l'extérieur, décor de bouquet de fleurs en blanc fixe
et deux tons de jaune et manganèse sur fond gros
bleu.

Long., 275 millim.; diam., 18 cent.

29 — Très grand plat à fond gros bleu de Perse, décor
en plein de Chinois dans un paysage accidenté. L'un
de ces personnages court en tenant un étendard à la
main. Le décor est entièrement en blanc fixe.
Très belle pièce.

Diam., 53 cent.

30 — Très grand plat à fond gros bleu de Perse, décor en plein de larges bouquets de fleurs et feuillages ; de nombreux oiseaux se trouvent dans l'intervalle de ces bouquets. Le décor est en blanc fixe et deux tons de jaune.

Très belle pièce.

Diam., 53 cent.

31 — Gourde de forme aplatie, avec quatre coulants, décorée sur chaque face de fleurs, feuillages et oiseaux en blanc fixe et deux tons de jaune sur fond gros bleu.

Haut., 29 cent.

32 — Gourde de forme aplatie, avec quatre coulants, décorée sur chaque face de fleurs, feuillages et oiseaux en blanc fixe et deux tons de jaune sur fond gros bleu.

Haut., 29 cent.

33 — Assiette à large marli, décorée en plein de gros bouquets de fleurs, feuillages et oiseaux en blanc fixe et deux tons de jaune sur fond gros bleu.

Diam., 235 millim.

34 — Assiette à large marli, décorée en plein de fleurs, feuillages et oiseaux en blanc fixe sur fond gros bleu.

Diam., 245 millim.

35 — Petit vase à deux anses torses, décoré de fleurs et feuillages en blanc fixe et deux tons de jaune sur fond gros bleu.

Haut., 95 cent.

36 — Petit plateau décoré en plein d'un large bouquet d'œillets et de feuillages en blanc fixe sur fond gros bleu.

Diam., 15 cent.

37 — Petit plateau décoré en plein d'un bouquet de fleurs et d'oiseaux en blanc fixe et deux tons de jaune sur fond gros bleu.

Diam., 15 cent.

38 — Petit plateau décoré en plein d'un bouquet de fleurs et feuillages en blanc fixe et jaune vert sur fond gros bleu.

Diam., 19 cent.

39 — Petit plat creux à bord renversé, décoré au fond d'un grand médaillon avec bouquet de fleurs et feuillages ; il est relié au bord par une large bande de fleurs et ornements en enroulement ; le tout en blanc fixe et jaune.

Diam., 24 cent.

NEVERS

DÉCORS VARIÉS

40 — Très grand plat décoré en camaïeu bleu et manganèse. Une grande chasse au sanglier, d'après Tempesta, occupe tout le fond ; au marli, frise à enroulement de fleurs et d'ornements.

Diam., 54 cent.

41 — Très grand plat ayant dans le fond des personnages

avec carrosse et habitation ; au marli, quatre réserves avec médaillons de personnages et oiseaux, reliés par des bouquets de fleurs.

Diam., 52 cent.

42 — Plat à décor camaïeu bleu ; au fond est une rosace représentant les signes du Zodiaque ; au marli, deux réserves avec médaillons de paysages, reliées par des fleurs et des oiseaux. Inscription : *Moderata Durant.*

Diam., 44 cent.

(*Vente Michel Pascal.*)

43 — Bouteille ronde de forme surbaissée et à long col, décorée de deux médaillons ; dans l'un se trouvent des personnages chinois et dans l'autre des bouquets de fleurs et oiseau ; ils sont séparés par des ornements en manganèse sur fond bleu. Le col est décoré d'ornements bleu et manganèse.

Haut., 28 cent.

(*Vente Vincenot.*)

44 — Vase-piédouche à deux anses avec deux mascarons, décoré d'un côté d'un grand médaillon représentant la Vierge, l'Enfant Jésus et saint Jean ; de l'autre, bouquets de fleurs. Le tout en camaïeu bleu.

Haut., 29 cent.

45 — Figurine de personnage en costume du temps de Louis XIII, décorée en bleu, jaune et manganèse ; la tête est percée d'une ouverture à la partie supérieure

et le chapeau, rejeté en arrière, porte également une
ouverture.

Haut., 33 cent.

(Vente Ploquin.)

46 — Buste de femme Louis XIV faisant de la tapisserie;
décoré en polychrome.

Haut., 47 cent.

47 — Flambeau à pied octogonal décoré en camaïeu bleu
de personnages, fleurs et ornements variés.

Haut., 29 cent.

48 — Bouteille avec deux renflements et long col; décor
bleu et manganèse de style chinois.

Haut., 32 cent.

49 — Tête à perruque de forme sphérique, décorée de
quatre médaillons où se trouvent des paysages; ils
sont reliés par des ornements en camaïeu bleu et
noir.

Haut., 19 cent.

50 — Bouquetière forme navette à trois tubulures; décor
bleu et manganèse de fleurs et feuillages.

Long., 26 cent.; haut., 17 cent.

51 — Petite buire de forme élancée, décorée en bleu et
manganèse, de personnages dans un paysage, avec
fleurs et ornements.

Haut., 24 cent.

52 — Assiette à large marli, décorée au fond d'un bouquet
de fleurs et feuillages, et au marli, de fleurs, feuillages
et animaux. Le tout en vert de cuivre.

Diam., 24 cent.

53 — Assiette à large marli, décorée en plein de fleurs,
d'insectes et d'un écureuil; le tout en vert de cuivre.

Diam., 24 cent.

54 — Assiette à large marli, décor bleu et manganèse en
plein, représentant une chasse au cerf; dans la partie
supérieure se trouve un blason polychrome.

Diam., 24 cent.

55 — Assiette à large marli, décor bleu et manganèse en
plein, fleurs, feuillages et oiseaux; dans la partie
supérieure se trouve un blason polychrome.

Diam., 24 cent.

56 — Assiette à large marli, décor camaïeu bleu en plein
de personnages chinois; dans la partie supérieure se
trouve une armoirie d'évêque en polychrome.

Diam., 24 cent.

57 — Grand plat à décor bleu et manganèse, représentant
dans le fond une Chasse au cerf, d'après Tempesta.
Le marli est entièrement couvert d'une couronne de
fleurs en enroulement; dans la partie supérieure se
trouve un blason en polychrome.

Diam., 45 cent.

58 — Grand plat à décor bleu et manganèse, décoré au
fond d'une scène représentant la Bénédiction de Jacob
et au marli, d'un enroulement de fleurs et oiseaux.
Les tons de chairs sont en manganèse.

Diam., 46 cent.

5g — Petite assiette à large marli, décorée en camaïeu
bleu. Le marli forme une rosace étoilée avec imbrications; au fond, se trouve une armoirie en polychrome.

Diam., 21 cent.

60 — Petit plateau à décor polychrome; au fond, bouquet de fleurs dans un médaillon entouré de deux
bandes; l'une jaune et l'autre bleue.

Diam., 185 millim.

61 — Petit plateau à décor en camaïeu bleu, de fleurs,
d'oiseaux et d'une grande armoirie polychrome.

Diam., 165 millim.

62 — Petit plateau à décor en camaïeu bleu. Au fond, un
ornement à enroulement entoure un médaillon dans
lequel se trouve un blason supporté par deux lions.

Diam., 18 cent.

63 — Bouteille à panse aplatie, décor en vert de cuivre
avec bandes jaunes surchargées de dessins noirs.
Inscription pharmaceutique.

Haut., 25 cent.

64 — Assiette à large marli, décor camaïeu bleu en plein,

d'un panier de fleurs et fruits, d'oiseaux et de feuillages.

Diam., 245 millim.

65 — Vase à surprise avec deux anses et son couvercle ajouré, décor bleu et manganèse de paysages dans des réserves. Le couvercle est surmonté d'un oiseau comme bouton.

Haut., 26 cent.

66 — Grand vase sur piédouche godronné ; la panse est ornée de trois têtes d'anges en relief et le couvercle forme flamme ; le tout de décor polychrome.

Haut., 61 cent.

67 — Plateau en forme de feuille avec nervures en relief ; décor camaïeu bleu en plein de fleurs et d'oiseaux.

Larg., 35 cent.

68 — Potiche forme boule, décor polychrome de fleurs et d'oiseaux dans le style persan.

Haut., 30 cent.

69 — Assiette à décor polychrome ; au centre, une composition dans le style de Bérain et au marli, ornements variés.

Diam., 235 millim.

(Vente Ploquin.)

70 — Flacon de forme quadrangulaire, d'un décor bleu, genre Bérain ; sur les quatre faces se trouvent des personnages variés.

Haut., 25 cent.

71 — Statuette représentant la Vierge et l'Enfant Jésus en décor polychrome.

Haut., 45 cent.

72 — Gourde de forme apiatie avec deux têtes de béliers en relief, décorée en bleu et en jaune de deux grands médaillons ; dans l'un, se trouve un saint et dans l'autre, un personnage tenant un trident.

Inscriptions : Marin de Naux, 1754 et St Marin, 1754.

Haut., 33 cent.

73 — Gourde de forme aplatie avec passants, décorée de deux grands médaillons avec de saints personnages et ornements en bleu, jaune et vert sur le col.

Inscriptions : Louis Blautint — Marie Neraite, 1732.

Haut., 33 cent.

74 — Grand saladier, décor camaïeu bleu en plein, représentant deux personnages en costume Louis XV et des voitures.

Inscription : Le Retour du Matelot, 18 janvier 1771.

Diam., 36 cent.

ROUEN

DÉCOR A FOND JAUNE NIELLÉ NOIR

75 — Grand plat ayant au centre un médaillon à fond jaune d'ocre, orné de niellés noirs dans le style de Boulle ; autour de ce médaillon, une grande couronne

en bleu avec masques et motifs de ferronnerie ; au marli, large bande jaune ocre avec niellés noirs, mascarons et amours.

Très rare et beau plat.

Diam., 555 millim.

76 — Assiette à bordure d'arabesques et de quadrillés noirs sur fond jaune d'ocre ; au milieu, un grand médaillon découpé et de même fond, chargé de deux amours en bleu. De fines guirlandes bleues, au nombre de huit, entourent ce médaillon.

Cette assiette, qui date de la Régence de Philippe d'Orléans, est très rare.

Diam., 245 millim.

77 — Assiette à bordure d'arabesques en noir sur un fond jaune citrin ; au milieu, un grand médaillon de même fond surchargé de niellés noirs. Des fleurons en bleu entourent ce médaillon.

Diam., 245 millim.

ROUEN

DÉCOR BLEU

78 — Très grand plat à riche décor en bleu ; au fond, une grande étoile allant jusqu'à la bordure ; au marli et à la chute, fleurons et lambrequins reliés par des guirlandes.

Très fin d'exécution.

Diam., 55 cent.

(Vente Maillet du Boulay.)

79 — Très grand plat à décor bleu ; au fond, une armoirie de cardinal entourée par une bande de fleurs en enroulement ; au marli, fleurons et lambrequins.

Diam., 55 cent.

80 — Très grand plat à décor bleu de style persan ; au fond, un grand médaillon avec réserves sur fond bleu ; au marli et à la chute, même décor que le centre.

Diam., 54 cent.

(*Vente Ploquin.*)

81 — Assiette décorée en bleu ; au fond, les armes accolées du marquis de Maillebois soutenues par deux lévriers ; au marli et à la chute, lambrequins et draperies.

Diam., 23 cent.

(*Collection Delaherche.*)

82 — Assiette décorée en bleu ; au fond, dans un médaillon, les armoiries de Poterat supportées par deux lions ; entre ce médaillon et le bord, riche décor d'ornements en bleu.

Diam., 23 cent.

83 — Assiette décorée en bleu ; au centre, double écusson surmonté d'une couronne de comte ; au marli et à la chute, lambrequins et draperies formant guirlandes.

Diam., 225 millim.

84 — Assiette décorée en bleu ; au centre, un écusson accosté de deux lions aux armes de Poterat ; au marli

et à la chute, riche bordure de lambrequins et guirlandes fleuronnées.

Diam., 235 millim.

85 — Assiette semblable à celle qui précède.

86 — Sucrière en forme de balustre avec couvercle dômé,
ajouré et se vissant, décorée en bleu de fleurons et
oiseaux; au milieu, une armoirie surmontée d'une
couronne de comte.

Haut., 23 cent.

87 — Sucrière en forme de balustre avec couvercle dômé,
ajouré et se vissant, décorée en bleu de pendentifs et
guirlandes fleuronnées.

Haut., 21 cent.

(Vente Loisel.)

88 — Sucrière de forme cylindro-conique avec couvercle dômé, ajouré et se vissant, décorée en bleu de
pendentifs et guirlandes fleuronnées.

Haut., 20 cent.

89 — Paire de cache-pots de forme ronde avec pieds et
oreilles; dans la partie supérieure se trouve un bourrelet protégé par un cercle en étain; un riche décor
bleu de pendentifs avec glands et arceaux de style
rayonnant les recouvre entièrement.

Diam., 21 cent.; haut., 18 cent.

90 — Très grand plat ovale en hauteur, à décor bleu; au
milieu, grand médaillon avec rinceaux et motifs de

ferronnerie; au marli et à la chute, larges lambrequins
et fleurons.

Haut., 60 cent.; larg., 51 cent.

(Vente d'Iquelon.)

91 — Très grand plat ovale en hauteur, à décor bleu; au
milieu, un écusson armorié, surmonté d'une couronne de marquis et entouré de huit oiseaux variés;
au marli et à la chute, larges lambrequins et fleurons.

Haut., 60 cent.; larg., 51 cent.

92 — Grand plat à décor bleu; au fond se trouve un
cygne dans des roseaux; au marli, très grande bordure de fleurons et lambrequins reliés par des guirlandes.

Diam., 48 cent.

93 — Assiette décorée en bleu; au centre, un écusson
armorié supporté par deux lévriers et surmonté d'une
couronne de comte; au marli, petite bordure de pendentifs.

Diam., 235 millim.

94 — Assiette décorée en bleu; au centre, un écusson
renfermant un vaisseau et supporté par deux lions; au
marli, bande d'ornements quadrillés.

Diam., 245 millim.

95 — Assiette décorée en bleu; au centre, un écusson
renfermant trois croix de Malte et supporté par deux
lions; au marli, bande d'ornements quadrillés.

Diam., 24 cent.

96 — Assiette décorée en bleu; au centre, un écusson renfermant une grande croix de Malte, surmonté d'une couronne de marquis et supporté par deux lions; au marli, petits motifs de ferronnerie.

Diam., 24 cent.

97 — Assiette décorée en bleu; au centre, fleurons et oiseaux; au marli et à la chute, pendentifs et motifs de ferronnerie.

Diam., 24 cent.

(Vente Michel Pascal.)

98 — Sucrière en forme de balustre avec couvercle dômé, ajouré et se vissant, décor en plein composé de rinceaux et d'arceaux.

Haut., 23 cent.

99 — Petite aiguière en forme de casque avec mascaron sous le déversoir; décor en bleu de pendentifs et réserves.

Haut., 185 millim.

100 — Pichet-rafraîchissoir entièrement couvert d'un décor en bleu de quatre médaillons ovales renfermant des personnages chinois et séparés par des bandes verticales décorées de fleurons.

Inscription : Mr François de la Cour.

Haut., 28 cent.

101 — Petit flambeau entièrement décoré en bleu, de style rayonnant.

Haut., 19 cent.

(Vente Lafaulotte.)

102 — Râpe à tabac de décor bleu, composé au pourtour d'une bande avec réserves et au milieu un cul-de-lampe surmonté d'un panier fleuri.

Long., 205 millim.

103 — Petit chauffe-mains en forme de livre, avec rosace centrale à jour ; décor bleu en plein avec réserves.

Haut., 9 cent.; larg., 65 millim.

104 — Ravier à deux anses de forme oblongue avec déversoir, décoré au centre d'un sujet chinois; le tour est composé de fleurons et de guirlandes en bleu.

Long., 20 cent.

105 — Petit flacon de forme cylindrique avec bouchon en étain, d'un riche décor bleu de lambrequins et fleurons.

Haut., 16 cent.

106 — Assiette à décor bleu ; au centre, une grande étoile à huit branches ; le marli est composé d'arceaux qui le relient au milieu.

Diam., 24 cent.

(*Vente Maze-Sencier.*)

107 — Grand plat à décor bleu ; au fond, deux blasons accolés et surmontés d'une couronne de marquis ; ils sont entourés d'un motif composé de fleurons et glands ; au marli, des lambrequins.

Diam., 52 cent.

108 — Grand plat à décor bleu; au centre, un double écusson armorié supporté par des lévriers et surmonté d'une couronne de comte; il est entouré d'une large bande à enroulement; au marli, fleurons et lambrequins.

Diam., 56 cent.

109 — Plat à décor bleu; au centre, une rosace formant étoile; au marli, très large bordure composée de lambrequins et fleurons.

Diam., 39 cent.

(Vente Séchan.)

110 — Plat à décor bleu en plein, avec un oiseau au centre entouré d'une étoile qui se relie au bord par des bandes rayonnantes; au marli, réserves.

Diam., 47 cent.

111 — Plat à ombilic de décor bleu; au fond, une étoile entourée d'un motif à pendentifs; le marli est à enroulements de fleurs.

Diam., 48 cent.

112 — Grand plat à décor bleu; au fond, une très grande rosace de motifs de ferronnerie et fleurons; au marli, motifs d'ornements.

Diam., 50 cent.

113 — Grand vase pot-pourri avec son couvercle, surmonté d'un bouton; décor bleu de lambrequins et arceaux.

Haut., 50 cent.

114 — Petite boîte à épices de forme rectangulaire, à pans coupés, et son couvercle en décor bleu de style rayonnant.

Long., 11 cent.; larg., 75 millim.

115 — Petit vase à surprise avec deux anses et sur pied; dans le milieu se trouve un coq placé en haut d'une tige creuse; décor de lambrequins et guirlandes en bleu.

Haut., 14 cent.

116 — Pichet-rafraîchissoir décoré en bleu de paniers fleuris et de bandes verticales.

Haut., 28 cent.

117 — Pichet à décor bleu en plein représentant un chasseur et un bûcheron.

Inscription : Michel l'enfant 1725.

Haut., 26 cent.

118 — Paire de cornets à décor bleu en plein de lambrequins et fleurons.

Haut., 38 cent.

119 — Sucrière de forme cylindro-conique avec couvercle dômé, ajouré et monture en étain; le bas est composé d'un décor en bleu de lambrequins et masques avec fleurons.

Haut., 17 cent.

120 — Soulier à décor bleu en plein d'ornements avec réserves; sur le dessus se trouve une rosace.

ROUEN

DÉCOR BLEU ET ROUGE

121 — Plat rectangulaire à pans coupés; dans le fond, un très grand médaillon représentant, en camaïeu bleu : le Triomphe d'Amphitrite; au marli, large frise en bleu et rouge brique.

Pièce remarquable et très rare.

Long., 36 cent.; larg., 28 cent.

122 — Aiguière en forme de casque avec masque d'homme sous le déversoir, riche décor bleu et rouge de pendentifs; le bas et le pied sont de style rayonnant.

Très belle qualité.

Haut., 31 cent.

123 — Sucrière en forme de balustre avec couvercle dômé ajouré et se vissant, décor bleu et rouge composé de bandes verticales; large frise sur la panse; le pied est de style rayonnant.

Haut., 22 cent.

124 — Petit pichet à décor bleu et rouge, composé de guirlandes et bandes verticales sur la panse et au goulot.

Inscription : Pour le petit Thomas Ducoudray, 1725.

Haut., 19 cent.

125 — Tabatière en forme de cœur aplati; décor en plein bleu et rouge.

Haut., 7 cent.

126 — Très grand plat à décor bleu et rouge; au milieu, un vase fleuri; au marli et à la chute, très large bordure composée de fleurons et lambrequins reliés par des guirlandes rouges.

Diam., 55 cent.

127 — Bannette rectangulaire à pans coupés, motif central composé d'une corbeille fleurie avec deux cigognes; au bord, larges lambrequins, pendentifs et glands.

Long., 40 cent.; larg., 33 cent.

128 — Assiette à décor bleu et rouge; au centre, un cul-de-lampe avec panier fleuri; au marli et à la chute, lambrequins et guirlandes.

Au revers, marque G 3.

Diam., 24 cent.

129 — Assiette à décor bleu et rouge; au centre, un bouquet de fleurs; au marli et à la chute, très large décor de lambrequins et pendentifs avec quadrillés.

Diam., 24 cent.

130 — Assiette à décor bleu et rouge; au centre, une rosace pointillée, entourée de six fleurons quadrillés; au marli et à la chute, lambrequins et pendentifs.

Diam., 24 cent.

131 — Assiette à décor bleu et rouge vif; au centre se trouve un cul-de-lampe avec fleurs: au marli et à la chute, pendentifs et lambrequins avec quadrillés.

Au revers, marque G H.

Diam., 24 cent.

132 — Porte-huilier à décor bleu et rouge avec mascarons en bleu; décor d'enroulements au pourtour.

Long., 24 cent.

133 — Deux grands vases couverts, forme balustre, à décor bleu et rouge; sur la panse, lambrequins, pendentifs, guirlandes et quadrillés; le décor du pied est de style rayonnant.

Paire de vases introuvables.

Haut., 33 cent.

134 — Sucrière en forme de balustre avec couvercle dômé ajouré et se vissant, à décor bleu et rouille de pendentifs, guirlandes et quadrillés; le pied est de décor rayonnant.

Haut., 23 cent.

(Vente Ploquin.)

135 — Sucrière de forme cylindro-conique avec couvercle dômé et ajouré; décor bleu et rouge de lambrequins, guirlandes et fleurons quadrillés.

Haut., 19 cent.

136 — Petite boîte à épices à trois compartiments, de forme oblongue à huit pans; le dessous est décoré d'une large bande avec rinceaux; le couvercle surmonté d'un bouton est de style rayonnant.

Long., 11 cent.; larg., 8 cent.

137 — Écritoire avec anse ayant la forme d'une coquille, surmontée d'une tête servant d'encrier; par derrière

se trouvent deux autres petites coquilles ; décor bleu
et rouge de style rayonnant.

Larg., 27 cent.; prof., 24 cent.; haut., 14 cent.

138 — Assiette à décor bleu et rouge ; au centre se trouve
une fleur ; au marli et à la chute, large décor de lambrequins et pendentifs.

Diam., 24 cent.

139 — Assiette à décor bleu et rouge ; au centre, un
oiseau dans une grande rosace formant étoile à cinq
branches ; dans l'intervalle, des fleurons ; au marli,
petit lambrequin.

Diam., 24 cent.

140 — Un sucrier à décor bleu et rouge, surmonté d'un
couvercle avec une étoile comme décor ; au bas, des
lambrequins.

Haut., 13 cent.

141 — Plateau de forme octogone, à décor bleu et rouge ;
au centre, un cygne dans des roseaux ; à la chute, très
large décor de vases fleuris et fleurons quadrillés.

Diam., 24 cent.

142 — Écuelle à oreilles plates avec son couvercle, à
décor bleu et rouge ; au fond se trouve, en camaïeu
bleu, saint Georges terrassant un dragon ; aux bords
intérieur et extérieur, lambrequins bleu et jaune.
Inscription : George Maugras, 1718.

Diam., 20 cent.

(Vente Michel Pascal.)

143 — Pichet forme broc à décor bleu et rouge de guirlande de fleurs et fleurons séparés par des bandes verticales.

Haut., 26 cent.

144 — Assiette à décor bleu et jaune; au centre, chiffres enlacés surmontés d'une couronne de marquis soutenus par deux anges; au marli, motifs de ferronnerie et fleurons.

Diam., 24 cent.

145 — Grand et beau plat à riche décor bleu et rouge; au centre, une grande étoile reliée par des guirlandes; au marli et à la chute, très large bordure composée de lambrequins; décor cachemire.

Pièce remarquable.

Diam., 50 cent.

146 — Grand plat à décor bleu et rouge; au milieu, dans un médaillon, une scène chinoise composée de dix personnages; au marli et à la chute, lambrequins et fleurons.

Diam., 47 cent.

147 — Sucrière en forme de balustre avec couvercle dômé ajouré et monture en étain se vissant; décor bleu et jaune de bandes verticales, réserves et guirlandes; au pied, lambrequin formant étoile.

Haut., 23 cent.

148 — Boîte à savon de forme sphérique sur piédouche et avec couvercle ajouré; décor bleu et rouge de lambrequins et guirlandes.

Diam.. 12 cent.; haut., 13 cent.

149 — Petit vase à anse, ayant la forme d'un hibou, à décor bleu et rouille pour figurer le plumage. Daté 1715.

Haut., 18 cent.

15o — Grande fontaine d'angle sous couvercle, ayant la forme d'un vase, à décor bleu et rouge et mascarons. Elle est entièrement couverte d'un décor rayonnant et à guirlandes.

Haut., 56 cent.

15I — Paire de très grosses gourdes à cols coupés avec mascarons et passants, décor bleu et rouge en plein de personnages chinois.

Haut., 43 cent.; larg., 35 cent.

152 — Grande potiche couverte, forme ovoïde, à décor bleu et jaune de lambrequins, fleurons et arceaux.

Haut., 51 cent.

153 — Assiette à décor bleu et jaune; au milieu, armoirie surmontée d'une couronne de marquis et soutenue par deux lions; au marli, vase de fleurs et fleurons.

Diam., 24 cent.

154 — Assiette à décor bleu et jaune; au centre, vase fleuri sur une table; au marli et à la chute, fleurons et guirlandes de fleurs.

Diam., 24 cent.

155 — Compotier octogone, décor bleu et jaune de style rayonnant; dans les rayons, draperies et glands.

Diam., 24 cent.

ROUEN

DÉCOR POLYCHROME

156 — Carreau en faïence du XVIᵉ siècle, provenant du château d'Écouen ; il représente un buste de femme avec des ailes. Décor polychrome.

Dim. : 11 × 11.

157 — Grande fontaine d'angle. Le bassin, la fontaine munie de son robinet, et son dôme formant couvercle, sont entièrement couverts d'un très riche décor poly-chrome, de style rocaille.

Haut., 75 cent.

(Vente Cousin.)

158 — Grande cuvette à bord renversé ; dans le fond, un grand médaillon, décor polychrome représentant les Quatre Saisons ; au bord, bande de fleurs et ornements sur fond bleu. De cette bande se détachent huit guir-landes de fleurs et fruits.

Pièce attribuée à Claude Borne. Datée 1738.

Diam., 39 cent.

159 — Petit plat creux de forme rectangulaire avec pans, riche décor polychrome couvrant tout le fond, com-posé de quatre personnages chinois dans un paysage ; au marli, galon de fleurs sur fond bleu avec réserves.
Très beau coloris.

Long., 30 cent.; larg., 25 cent.

160 — Plateau rectangulaire représentant un damier;
dans chaque bout se trouvent des quadrillés avec
médaillons contenant des chiffres enlacés avec
oiseaux; le pourtour se compose d'une large bande
de fruits et fleurs sur fond bleu.
Pièce excessivement rare.

Dim. : 52 × 34.

161 — Une paire de consoles-appliques, décor polychrome avec volutes et guirlandes en relief; le culot
est formé d'une feuille d'acanthe surmontée d'une
coquille en relief.

Haut., 32 cent.; larg., 27 cent.; prof., 16 cent.

162 — Assiette à décor polychrome en plein, se composant d'une scène chinoise de cinq personnages et animaux; au bord, petit galon fond jaune avec rinceaux
noirs.
Type rarissime.

Diam., 235 millim.

(Vente Riocreux.)

163 — Grand plat à riche décor polychrome; au milieu,
une grande corbeille fleurie; au marli, large bande de
fleurs et fruits en enroulement sur fond bleu.

Diam., 5o cent.

164 — Très grand plat, décor polychrome; au centre,
pagodes et oiseaux; au marli, large bande de fleurs
sur fond bleu.

Diam., 54 cent.

165 — Petite bannette à pans coupés; décor polychrome
en plein de trois personnages chinois dans un paysage
avec balustrade.

Dim. : 32 × 22.

166 — Pichet-rafraîchissoir, décor polychrome de cornes
d'abondance et fleurs séparées par des bandes verticales avec fleurs sur fond bleu.

Haut., 31 cent.

167 — Pichet, décor polychrome de guirlandes de fleurs
séparées par des bandes verticales de fleurs sur fond
bleu.

Inscription : Jacque David, 1758.

Haut., 32 cent.

168 — Pichet forme broc, décor polychrome de guirlandes et fleurs avec bandes verticales.

Inscription : Henri Baron, 1777.

Haut., 26 cent.

169 — Petit plateau octogone à décor polychrome; au
centre, un médaillon avec un sujet chinois; au marli,
réserves avec paysages reliées par des fleurs sur un
fond vermicellé rouge.

Diam., 175 millim.

170 — Petit plateau analogue à celui ci-dessus.

Diam., 175 millim.

171 — Paire de bouteilles à huit pans, décor polychrome
à compartiments avec quadrillés noirs et fleurons.

Haut., 19 cent.

172 — Flacon de forme aplatie, décor polychrome, avec deux personnages chinois; sur les côtés, quadrillés et fleurs.

Inscription : Pierre Valette, 1737.

Haut., 19 cent.

173 — Sucrière en forme de balustre avec couvercle dômé, ajouré et monture en étain, décor polychrome de bandes horizontales quadrillées en vert sur fond bleu.

Haut., 25 cent.

174 — Sucrière forme cylindro-conique avec couvercle dômé, ajouré et se vissant; décor polychrome dit à la haie fleurie.

Haut., 19 cent.

175 — Sucrière de forme cylindro-conique, avec couvercle dômé, ajouré et se vissant; décor polychrome de fleurs, oiseaux et papillons.

Haut., 20 cent.

176 — Petit Bacchus assis sur un tonneau supporté par quatre lions sur terrasse; décor polychrome.

Haut., 25 cent.

177 — Cartel porte-montre, décor polychrome rocaille; il est supporté par deux lions; dans le milieu se trouve découpé saint Michel terrassant le démon.

Haut., 30 cent.

178 — Jardinière-applique forme demi-circulaire et à

côtes, décor polychrome rocaille de fleurs et d'oiseaux, avec un paysage camaïeu bleu.

Long., 27 cent.; larg., 17 cent.

179 — Pot cylindrique avec couvercle se vissant, décor
polychrome de fleurs, oiseaux et léopard.

Haut., 20 cent.

180 — Plat oblong de forme contournée, décor polychrome en plein dit à la gargouille.

Haut., 43 cent.; larg., 32 cent.

181 — Assiette à décor polychrome; au fond, trois amours
accompagnent des dauphins; au marli, galon fond
jaune d'ocre décoré de rinceaux noirs.

Diam., 24 cent.

182 — Assiette à décor polychrome; un grand médaillon,
avec trois personnages chinois dans un paysage,
occupe tout le fond. Ce médaillon est relié au bord
par un décor à compartiments avec marguerites jaunes
sur fond bleu.

Diam., 24 cent.

183 — Assiette à décor polychrome avec corbeille fleurie
au centre; au marli et à la chute, ornements de ferronnerie avec guirlandes et pendentifs.

Diam., 245 millim.

184 — Assiette à décor polychrome avec corbeille fleurie
au centre; au marli et à la chute, ornements avec
quadrillés, guirlandes et pendentifs.

Diam., 245 millim.

185 — Presse-papiers de forme rectangulaire et avec poignée; le tout est décoré en polychrome d'une large bordure de fleurs sur fond bleu.

Long., 18 cent.; larg., 135 millim.

186 — Sucrière en forme de balustre avec couvercle dômé, ajouré et se vissant; décor polychrome dit à la pagode.

Haut., 245 millim.

187 — Sucrière de forme ovoïde avec couvercle dômé, ajouré et se vissant; décor polychrome dit au sainfoin.

Haut., 21 cent.

188 — Boîte à savon de forme sphérique et sur piédouche avec couvercle ajouré, décor polychrome. Style rocaille.

Haut., 11 cent.; diam., 9 cent.

189 — Boîte à savon de forme sphérique et sur piédouche avec couvercle ajouré et se vissant, décor polychrome dit au sainfoin.

Haut., 12 cent.; diam., 10 cent.

190 — Assiette à bord contourné et à décor polychrome en plein, de trois Chinois, dont un tenant un parasol et un autre dans une barque.

Diam., 25 cent.

191 — Assiette à bord contourné et à décor polychrome; au centre, un motif rocaille; au marli, quadrillés et réserves avec fleurs.

Diam., 24 cent.

192 — Assiette à bord contourné et à décor polychrome
en plein de deux oiseaux aquatiques avec fleurs et
branchages fleuris.

Diam., 25 cent.

193 — Assiette à bord contourné et à décor polychrome
en plein de Chinois avec parasol, pagodes, branchages
fleuris et oiseaux.

Diam., 25 cent.

194 — Grande fontaine demi-circulaire à deux robinets,
décor polychrome de zones horizontales; celle du
milieu est garnie d'une corbeille de fleurs avec fruits
et les autres de fleurs sur fond bleu avec réserves; le
couvercle est surmonté d'un bouton représentant une
tête casquée.

Haut., 55 cent.; larg., 36 cent.; prof., 25 cent.

195 — Plat rond à bord contourné et à décor polychrome;
au fond, armoirie de deux écussons accolés de la
famille Paillot de Bérulle; au marli et à la chute, cartouches quadrillés, reliés par des guirlandes de fleurs.

Diam., 39 cent.

196 — Bannette creuse à décor polychrome; au fond. se
trouve une chimère menaçant un papillon; au bord,
une bande de quadrillés verts avec pointillés rouges.

Long., 35 cent.; larg., 27 cent.

197 — Grande bannette octogone, d'un décor polychrome
en plein se composant de cinq personnages orientaux,
musiciens et danseurs dans un paysage animé.

Long., 44 cent.; larg., 305 millim.

198 — Plateau de forme octogone, d'un décor polychrome en plein de quatre personnages chinois dans
un paysage ; au bord, galon à fond jaune et quadrillés
noirs.

Diam., 24 cent.

199 — Moutardier forme baril avec anse et son couvercle,
décor polychrome de guirlandes et motif de ferronnerie.

Haut., 85 millim.

200 — Moutardier forme cylindrique avec anse et son
couvercle, décor polychrome avec quadrillés de Guil-
libaud.

Haut., 6 cent.

201 — Boîte à épices de forme rectangulaire et à pans
coupés avec couvercle surmonté d'un anneau, décor
polychrome dit à la pagode.

Long., 115 millim.; larg., 85 millim.

202 — Paire de mules avec talons jaunes, décor polychrome d'ornements et fleurs avec cartouches quadrillés rouges.

Long., 15 cent.

203 — Chauffe-mains en forme de livre, décor polychrome en plein, avec médaillon fond jaune et quadrillés noirs.

Long., 115 millim.; larg., 75 millim.

204 — Petit ex-voto en forme de cœur, décor polychrome
de fleurs et fruits sur les deux faces.

Haut., 65 millim.

205 — Moutardier couvert forme baril, avec couvercle
monté en étain, décor polychrome à la corne.

Haut., 8 cent.

206 — Ravier en forme de feuille, avec anse et à décor
polychrome; au fond une corbeille fleurie et au bord
guirlandes et cartouches quadrillés.

Long., 21 cent.

207 — Bourdaloue à décor polychrome de personnages
chinois et pagodes.

Long., 21 cent.

208 — Bourdaloue à décor polychrome dit à la corne
tronquée.

Long., 19 cent.

209 — Boîte à épices formant trèfle, avec son couvercle
surmonté d'un bouton, décor polychrome dit à
l'échantillon.

Larg., 15 cent.

210 — Boîte à épices à trois compartiments, avec son
couvercle surmonté d'un bouton, décor polychrome
de fleurs et fruits.

Larg., 13 cent.

211 — Boîte à épices à trois compartiments, avec son
couvercle surmonté d'un anneau décor polychrome
de fleurs et fruits.

Larg., 13 cent.

212 — Petit cache-pot rond, avec pied et oreilles plates, décor polychrome de personnages chinois.

Diam., 12 cent.; haut., 95 millim.

213 — Assiette à bord contourné, décor polychrome à la double corne.

Diam., 25 cent.

214 — Assiette à bord contourné, à décor polychrome composé d'œillets, grenades et fleurs; au marli, petit enroulement.

Diam., 25 cent.

215 — Assiette à bord contourné, décor polychrome en plein de style rocaille dit au vase fleuri.

Diam., 24 cent.

216 — Assiette à bord contourné, décor polychrome; au milieu, deux canards dans des roseaux; au marli, trois bouquets de fleurs.

Diam., 24 cent.

217 — Assiette à bord contourné, décor polychrome; au fond oiseaux, fleurs et léopard; au marli, bouquets de fleurs.

Diam., 24 cent.

218 — Assiette à bord contourné, décor polychrome en plein; fleurs, oiseaux et papillons.

Diam., 25 cent.

219 — Assiette à bord contourné, décor polychrome en plein de fleurs et grands branchages fleuris.

Diam., 25 cent.

220 — Assiette à bord contourné, décor polychrome ; au fond branchages fleuris ; au marli fleurs et pendentifs.

Diam., 25 cent.

221 — Assiette à bord contourné, décor polychrome ; au fond, fleurs de sainfoin ; au marli, quadrillés avec réserves de fleurs.

Diam., 25 cent.

222 — Assiette à bord contourné, décor polychrome en plein de grands branchages fleuris, oiseaux et papillons.

Diam., 25 cent.

223 — Assiette à bord contourné, décor polychrome ; au fond, motif rocaille ; au marli, fleurs en enroulement.

Diam., 25 cent.

224 — Assiette à bord contourné, décor polychrome en plein de quatre Chinois dans une hutte, près de roseaux, coq et oiseaux divers.

Diam., 25 cent.

225 — Assiette à bord contourné, décor polychrome en plein ; oiseau perché sur une branche, chardons, oiseaux et insectes.

Diam., 26 cent.

226 — Assiette à bord contourné, décor polychrome ; au centre, motifs rocailles avec fleurs et fruits ; au marli, enroulement de fleurs.

Diam., 25 cent.

227 — Assiette à bord contourné, décor polychrome en plein, oiseaux sur des branchages fleuris, fleurs et insectes.

Diam., 25 cent.

228 — Assiette à décor polychrome en plein, composé d'un gros perroquet dans des branchages et des fleurs.

Diam., 25 cent.

229 — Assiette à bord contourné, décor polychrome, composé d'œillets, grenades, oiseaux et branchages.

Diam., 25 cent.

230 — Assiette à bord contourné, décor polychrome dit à la corne.

Diam., 26 cent.

231 — Assiette à bord contourné, décor polychrome à la corne tronquée.

Diam., 25 cent.

232 — Assiette à décor polychrome ; au fond, décor dit au sainfoin ; au marli, quadrillés avec quatre réserves fleuries.

Diam., 245 millim.

233 — Pichet ayant la forme d'un personnage buvant, décor polychrome ; la robe est jaune cuir et le manteau bleu doublé jaune.

Pièce rare.

Haut., 40 cent.

234 — Plat oblong à bord contourné, décor polychrome ; au centre, combat de coqs entouré d'une grande guir-

lande de fleurs et fruits ; dans le haut, se trouve une armoirie polychrome de l'abbesse de Saint-Amand.

Long., 44 cent.; larg., 32 cent.

(Vente Delaherche.)

235 — Grand pichet couvert, décor polychrome de style rocaille, avec quatre personnages dans un cartouche. Inscription : *Jean Duval, 1775, Marie Caillot, 1775, Marguerite.*

Haut., 33 cent.

236 — Plat rond à bord contourné, décor polychrome ; au fond, un grand blason à fond jaune surmonté d'une couronne de comte ; au marli, fleurs, pendentifs et pointillé rouge.

Diam., 48 cent.

237 — Plat à bord contourné, décor polychrome en plein, composé de trois personnages chinois dansant dans un paysage avec pagode.

Diam., 38 cent.

238 — Plat oblong de forme contournée, à décor de fleurs polychromes sur fond bleu empois ; au marli, quadrillés et réserves.

Long., 32 cent.; larg., 24 cent.

239 — Plat analogue à celui qui précède.

Long., 32 cent.; larg., 24 cent.

240 — Petit pot à eau couvert, décor polychrome en relief sur fond bleu empois.

Haut., 19 cent.

241 — Petit pot à pommade, forme cylindrique, avec son couvercle ; décor polychrome sur fond bleu empois.

Haut., 7 cent.

242 — Grand pichet à décor polychrome de style rocaille, avec double corne d'abondance.

Haut., 32 cent.

243 — Pichet couvert à décor polychrome, avec bouquets de fleurs et un saint dans un médaillon.

Inscription : Jacques Pinant, 1741.

Haut., 28 cent.

244 — Assiette, décor polychrome ; au fond, un vase garni de fleurs ; au marli et à la chute, motifs de ferronnerie reliés par des guirlandes.

Diam., 245 millim.

245 — Assiette d'un vif décor polychrome, où le vert de cuivre domine ; au centre, corbeille fleurie ; au marli et à la chute, vases fleuris dans des réserves reliés par des guirlandes de fleurs.

Diam., 255 millim.

246 — Compotier cotelé et à bord dentelé, décor polychrome ; au centre, une corbeille fleurie dans un médaillon relié au bord par un décor rayonnant.

Diam., 235 millim.

247 — Plat oblong de forme contournée, décor polychrome dit au carquois.

Long., 43 cent.; larg., 32 cent.

248 — Petite bannette à bord contourné, décor polychrome au carquois.

Long., 37 cent.; larg., 22 cent.

249 — Bannette à pans coupés, décor polychrome au sainfoin dans le fond ; au marli, quadrillés sur fonds noirs et jaunes.

Long., 36 cent.; larg., 25 cent.

250 — Plat oblong de forme contournée, décor polychrome de style rocaille ; au fond et au marli, coquilles, fleurs et oiseaux.

Long., 39 cent.; larg., 28 cent.

251 — Plat rond et creux, décor polychrome en plein, composé de quatre personnages chinois dans un paysage, avec pagode et balustrade.

Diam., 43 cent.

252 — Assiette à bord contourné, décor polychrome de style rocaille ; au centre, trois animaux en manganèse.

Diam., 255 millim.

253 — Assiette à bord festonné, décor polychrome en plein de style rocaille, avec un oiseau au centre.

Diam., 25 cent.

254 — Assiette à bord contourné, décor polychrome de style rocaille ; au centre, deux personnages en camaïeu bleu ; au marli, enroulement de fleurs.

Diam., 25 cent.

255 — Assiette à bord contourné, décor polychrome en plein, composé de perroquets, canards et fleurs.

Diam., 255 millim.

256 — Assiette à bord contourné, décor polychrome ; au centre, un cygne dans des roseaux ; au marli, enroulement de fleurs et fruits.

Diam., 25 cent.

257 — Assiette à bord contourné, décor polychrome de style rocaille ; au centre, chiffres enlacés avec couronne fleurie ; au marli, coquilles et fleurons quadrillés.

Diam., 255 millim.

258 — Assiette à décor polychrome ; au fond, une corbeille fleurie ; au marli, enroulement de fleurs et grenades sur fond bleu.

Diam., 245 millim.

259 — Assiette à décor polychrome ; au fond, une corbeille fleurie ; au marli, huit réserves de fleurs sur fond bleu.

Diam., 24 cent.

260 — Assiette à décor polychrome ; au fond, un médaillon avec sujet chinois ; au marli, réserves avec paysages, reliées par des fleurs sur un fond vermicellé rouge.

Diam., 235 millim.

261 — Assiette à décor polychrome ; au fond, un blason

avec trois têtes de cerf; au marli, marguerites sur quadrillés avec crevettes dans des réserves.

Diam., 24 cent.

262 — Assiette à décor polychrome; au fond, décor dit au sainfoin; au marli, quadrillés avec fleurs dans des réserves.

Diam., 24 cent.

263 — Assiette à décor polychrome; au fond, grenade, fleurs et feuillages; au marli, quadrillés avec fleurs dans des réserves.

Diam., 235 millim.

264 — Assiette à décor polychrome en plein, composé de trois personnages chinois dans un paysage.

Diam., 24 cent.

265 — Assiette à décor polychrome; au centre, pagode et oiseau; au marli, huit réserves fleuries et marguerites sur fond bleu.

Diam., 24 cent.

266 — Assiette à décor polychrome; au fond, bouquet de fleurs entouré d'une zone avec réserves; au marli, quatre papillons avec petit galon quadrillé au bord.

Diam., 24 cent.

267 — Assiette à décor polychrome; au centre, pagode et oiseau; au marli, six réserves fleuries avec marguerites jaunes sur fond bleu.

Diam., 24 cent.

268 — Console d'applique, forme contournée, décor polychrome, masque barbu sur fond bleu ; le culot est
en forme de fleuron.

Haut., 26 cent.; larg., 24 cent.; prof., 15 cent.

269 — Tasse à café et sa soucoupe à décor polychrome
de fleurs variées.

270 — Plat oblong de forme contournée, décoré en polychrome de deux gros bouquets de fleurs.

Long., 41 cent.; larg., 29 cent.

(*Atelier de Le Vavasseur.*)

ROUEN

PORCELAINE

271 — Pot cylindrique en ancienne porcelaine pâte tendre
de Poterat, décoré en bleu de fleurs et ornements.
Pièce rare.

Haut., 10 cent.; diam., 95 millim.

SINCENY

272 — Pichet couvert, à anse quadrangulaire en S, riche
décor de rocailles et fleurs polychromes ; sur la face,
un jeune homme surprenant une femme au bain ; sur
chaque côté, deux médaillons ajourées formant saillie ; col évasé à base godronnée et couvercle à bord
dentelé, attaché à l'anse par une charnière en étain.

Haut., 39 cent.

(*Vente Marquis.*)

273 — Pichet décoré sur la panse de quatre cartouches, style Louis XV ; sur les deux cartouches de face sont représentés : le portrait équestre du seigneur de Sinceny ; au-dessus, ses armoiries ; dans les deux cartouches latéraux, panoplie musicale et guerrière ; au-dessus de l'anse, est représenté le donjon du château.

Haut., 3o cent.

(Vente Delaherche.)

274 — Bouquetière quadrangulaire à cinq tubulures, décor polychrome de style chinois, personnages et fleurs.

Haut., 16 cent.

275 — Table et son plateau en faïence à bords relevés sur trois côtés, décor polychrome en plein, composé de deux grands personnages chinois tenant un parasol, branchages, fleurs et fruits.

Largeur du plateau, 5o cent.; prof., 33 cent.

276 — Assiette à bord contourné, décor polychrome de style rayonnant ; entre les rayons quadrillés se trouvent des oiseaux et des fleurs, au centre un blason.

Diam., 25 cent.

277 — Assiette à bord contourné, décor polychrome de style rayonnant ; entre les rayons qui sont quadrillés se trouvent des fleurons, au centre un médaillon contenant des oiseaux.

Diam., 25 cent.

278 — Assiette à décor polychrome en plein de style chinois avec rivière, pont, pagodes, fleurs et insectes.

Diam., 24 cent.

279 — Assiette à bord contourné, décor polychrome en plein, représentant au milieu la quatrième majeure à pique, en haut et en bas fleurs et oiseaux.
Marque ·S·

Diam., 25 cent.

280 — Assiette à bord contourné, décor polychrome en plein, représentant un grand bouquet de fleurs occupant toute l'assiette.

Diam., 26 cent.

281 — Assiette à bord contourné, décor polychrome au sainfoin.
Marque ·S·

Diam., 24 cent.

282 — Assiette à bord festonné, décor polychrome en plein; à droite, deux Chinois; à gauche, un coq, gerbe de fleurs et fruits.

Diam., 26 cent.

283 — Assiette à bord contourné, décor polychrome en plein, composé de branchages, fleurs, fruits et oiseaux; au centre, un double écusson surmonté d'une couronne de marquis.

Diam., 255 millim.

284 — Assiette à bord contourné, décor polychrome en plein, composé de branchages, fleurs et oiseaux sur terrasse.

Diam., 25 cent.

285 — Assiette à bord contourné, décor polychrome en plein, de style rocaille avec oiseaux et fleurs.

Marque ·S·

Diam., 25 cent.

286 — Assiette à bord contourné, décor polychrome en plein, composé d'une grosse grenade, de chardon et branchages fleuris.

Diam., 26 cent.

287 — Assiette à bord contourné et festonné, décor poly-chrome; au centre, un médaillon jaune supporté par un nœud et représentant une scène de famille dans un paysage; au marli, jalon jaune.

Diam., 24 cent.

MOUSTIERS

288 — Grand plat ovale à décor camaïeu bleu; tout le fond est occupé par un grand médaillon représentant une chasse à l'ours, d'après Tempesta; le marli est entièrement couvert par une frise composée de mas-carons et de griffons ailés, se jouant au milieu d'élé-gantes arabesques et supportant des cartouches où sont représentés différents animaux.

Cette pièce porte la signature G. Viry, fait à Mous-tiers chez Clerissy. On n'en connaît qu'un sem-blable, appartenant au Musée du château Borély, à Marseille.

Long., 58 cent.; larg., 47 cent.

(Collection Davillier.)

289 — Grand plat ovale à décor camaïeu bleu ; au centre, un très grand blason supporté par des lévriers et entouré d'une couronne de motifs de rinceaux ; le marli se compose d'une frise de griffons, assis de profil sur des socles quadrillés et séparés par des rinceaux à entrelacs.

Long., 57 cent.; larg., 47 cent.

290 — Coffret rectangulaire et son couvercle surélevé au milieu, décor bleu ; au pourtour, rinceaux et fleurs, armoiries sur les deux faces. Le couvercle est décoré d'un sujet représentant le beau Narcisse se mirant dans l'eau.

Long., 185 millim.; larg., 125 millim.; haut., 80 millim.

291 — Grand plat ovale à bord godroné, décor camaïeu bleu ; au fond, une grande composition dans le style de Bérain ; au marli, petit lambrequin.

Long., 51 cent.; larg., 43 cent.

292 — Sucrière en forme de balustre avec couvercle dômé, ajouré et se vissant, avec culot godronné, décor bleu de style Bérain.

Haut., 23 cent.

293 — Sucrière en forme de balustre avec couvercle dômé, ajouré et se vissant, décor bleu de style Bérain.

Haut., 23 cent.

294 — Deux petites bouteilles à double renflement sur piédouche, décor camaïeu bleu de personnages, animaux et ornements.

Haut., 20 cent.

295 — Moutardier forme baril et son couvercle avec monture en étain, décor camaïeu bleu de rinceaux et ornements.

Haut., 9 cent.

296 — Moutardier forme baril et son couvercle avec monture en étain, décor polychrome de guirlandes et pendentifs.

Haut., 95 millim.

297 — Tasse à café et sa soucoupe, décor polychrome, composé de médaillons avec personnages, guirlandes et pendentifs.

Hauteur de la tasse, 8 cent.
Diamètre de la soucoupe, 14 cent.

298 — Soucoupe à bord festonné, décor polychrome ; au centre, un médaillon avec personnages ; au bord, guirlandes et pendentifs.

Diam., 135 millim.

299 — Assiette à décor camaïeu bleu ; au centre, une double armoirie supportée par des licornes et surmontée d'une couronne de marquis ; au marli, rinceaux à enroulement.

Diam., 23 cent.

300 — Assiette à bord contourné, décor camaïeu jaune de guirlandes au marli ; dans le milieu, un médaillon avec personnages en polychrome, et entouré d'une frise à enroulement en camaïeu jaune.

Diam., 245 millim.

3o1 — Assiette en camaïeu bleu; au fond, grand médaillon représentant une chasse, d'après Tempesta; au marli, petits rinceaux.

Diam., 235 millim.

3o2 — Assiette à bord dentelé et festonné, décor polychrome; au centre, cartouche composé d'ornements rocailles, avec drapeau et instruments de musique; autour de ce médaillon cinq autres motifs dont un avec fleurs de lis accompagné de deux amours.

Diam., 25 cent.

MARSEILLE

3o3 — Grande fontaine d'applique couverte et son support, de style rocaille et décor polychrome, composé de grands bouquets de fleurs et d'insectes, dauphins en relief.

Marque Veuve Perrin.

Haut., 53 cent.; larg., 41 cent.

3o4 — Pot à eau couvert et sa cuvette, à fond verre d'eau et de forme Louis XV, décor polychrome de fleurs rehaussé de dorure. Le couvercle est surmonté d'un bouton représentant un bouquet de fleurs; la monture est en argent.

Marque Veuve Perrin.

Hauteur du pot, 33 cent.
Cuvette : 38 × 27.

3o5 — Daubière en forme de coq d'Inde, décor polychrome au naturel.

Haut., 3g cent.; long., 46 cent.

3o6 — Moutardier couvert à deux anses et son plateau
adhérent, décor polychrome de fleurs.

Diam., 13 cent.; haut., 11 cent.

3o7 — Assiette à bord contourné et à fond vert d'eau,
décor polychrome composé de fleurs et de trois
nœuds en camaïeu rose, rehaussés de dorure.
Marque Veuve Perrin.

Diam., 25 cent.

(Vente Ploquin.)

3o8 — Assiette à bord contourné, décor polychrome ; au
fond, deux personnages se promènent accompagnés
d'un chien ; au marli, coquilles et fleurs.
Marque Veuve Perrin.

Diam., 25 cent.

3o9 — Assiette d'un décor analogue à la précédente.

Diam., 25 cent.

3io — Assiette à bord contourné et marli ajouré, décor
polychrome, composé de fleurs, fruits et insectes.
Marque Veuve Perrin.

Diam., 25 cent.

3ii — Assiette à bord contourné, bordure carmin à
hachures ; au fond, blason au-dessous duquel se
trouvent des lettres enlacées ; au bord, fleurs ; le tout
en polychrome.

Diam., 24 cent.

312 — Assiette à bord contourné et à fond jaune; au milieu et au marli, quatre cartouches en réserves, avec emblèmes franc-maçonniques, décor polychrome.

Diam., 245 millim.

313 — Assiette à bord contourné et à fond jaune, décor polychrome de bouquets de fleurs.

Diam., 245 millim.

NIDERVILLER

314 — Assiette à bord contourné et à fond de bois; au milieu, réserve en trompe-l'œil d'un paysage en camaïeu rose. Signé : Niderville 1774.

Diam., 24 cent.

(Vente Fétis.)

315 — Tasse et sa soucoupe d'un décor analogue à l'assiette ci-dessus.

Tasse. Haut., 5 cent. Soucoupe. Diam., 115 millim.

316 — Plaque rectangulaire, décor polychrome, composé d'un sujet pastoral dans le genre de Lancret. Elle est dans un cadre Louis XIV en bois sculpté.

Dim. : 15 × 12.

317 — Grande sucrière en forme de balustre dômé et ajouré, décor en camaïeu rose de sujets Watteau.

Haut., 23 cent.

318 — Sucrière en forme de balustre avec motifs rocailles en relief et décor polychrome; le culot est godronné en spirales.

Haut., 20 cent.

319 — Boîte en forme de feuille; dessus, une orange entourée de fleurs, le tout en relief et décoré au naturel.

Diam., 16 cent.

320 — Assiette à bord contourné; au marli, motifs en reliefs camaïeu rose sur fond bleu; au centre, bouquet de roses en polychrome.

Diam., 235 millim.

321 — Plateau oblong à bord festonné et marli plissé à fond vert; au centre, bouquet de fleurs polychromes.

Long., 28 cent.; larg., 22 cent.

SCEAUX

322 — Jardinière couverte forme éventail sur son socle ajouré; sur une des faces se trouve une scène d'intérieur d'après Greuze, sur l'autre des oiseaux perchés. Les côtés sont ornés de bouquets de fleurs; le couvercle ajouré est décoré de la même façon, il est surmonté d'un bouquet de fleurs en relief formant bouton. Le socle et le couvercle ont des bandes quadrillées camaïeu rose, décor polychrome.

Pièce remarquable.

Haut., 29 cent.; larg., 23 cent.

323 — Grande jardinière demi-lune sur quatre pieds, avec son dessus percé de sept trous; sur le devant trois caissons, dans lesquels se trouvent des oiseaux en décor polychrome. Les parties en saillie sont rehaussées de dorure.

Long., 28 cent.; haut., 155 millim.

324 — Grande jardinière demi-lune à deux compartiments et sur quatre pieds; décor polychrome de marines dans trois caissons; au bord supérieur une bande de feuillages verts.

Long., 315 millim.; haut., 20 cent.

325 — Bouquetière de forme quadrangulaire sur pieds et avec son dessus percé de quatre trous; sur chaque face des oiseaux en décor polychrome.

Diam., 13 cent.; haut., 12 cent.

326 — Assiette à bord festonné et doré, décor polychrome; au milieu, des oiseaux dans un paysage fleuri; au marli, hachures bleues et roses et dans les intervalles fleurs et insectes.

Marque O P.

Diam., 235 millim.

327 — Assiette à décor analogue à celle qui précède.

Diam., 235 millim.

328 — Assiette à bordure déchiquetée avec hachures bleues; au centre un médaillon dont le cercle est formé de fruits, fleurs et feuillages; dans l'intérieur une marine animée.

Diam., 23 cent.

329 — Assiette à bord festonné avec dorure et filet bleu.;
au fond se trouve un oiseau en décor polychrome; au
marli, feuilles et fruits.

Diam., 24 cent.

330 — Assiette à décor analogue à celle qui précède.

Diam., 24 cent.

FAIENCES FRANÇAISES
DIVERSES

331 — **Paris.** Fontaine d'applique de forme cylindrique
élevée sur piédouche; un écusson porte les armes des
d'Orléans; elle est décorée en polychrome, dans le
style rouennais, de fleurons, de lambrequins, de
quadrillés, etc., etc.

Cette fontaine faisait partie de la commande faite,
au faïencier Digne établi rue de la Roquette à Paris,
par la duchesse Marie-Adelaïde d'Orléans, fille du Ré-
gent, abbesse de Chelles où elle prit l'habit religieux
en 1717.

Haut., 60 cent.

332 — **Paris.** Pot de pharmacie et son couvercle de
forme cylindrique, décor polychrome de lambrequins
et guirlandes; sur le devant se trouve un écusson portant les armes des d'Orléans, et au-dessous une bande
blanche en réserve pour mettre une inscription. Le
couvercle est d'un décor de style rayonnant.

Haut., 255 millim.

5

333 — **Paris**. Pot de pharmacie analogue au précédent mais sans couvercle.

Haut., 24 cent.

334 — **Paris**. Plat oblong à bord contourné, de décor bleu et noir; au fond un carrosse avec inscription : *M. Sansont 1738*, au marli, lambrequins.

Long., 36 cent.; larg., 27 cent.

(Vente Michel Pascal.)

335 — **Paris**. Tabatière en forme de livre, décor bleu et jaune avec médaillons où se trouve l'inscription : *Bon Tabac*.

Haut., 85 millim.; larg., 65 millim.

(Vente Maze Sencier.)

336 — **Bordeaux**. Assiette à décor polychrome; au fond se trouve un gros papillon ; au marli, quadrillés rouges avec réserves dans le genre des faïences de Rouen.

Diam., 235 millim.

337 — **Lille**. Statuette de Chinois formant brûle-parfums, décor polychrome; la robe est décorée d'un semis de fleurs. Le chapeau et le col sont à fond jaune avec des ornements plus foncés.

Haut., 31 cent.

338 — **Lille**. Deux pichets représentant l'un un homme et l'autre une femme, tous les deux assis et de décor polychrome.

Haut., 34 cent.

339 — **Samadet**. Assiette à décor polychrome ; au fond
personnages orientaux dans un paysage avec rivière
et pont ; au marli, rochers et fleurs.
Marque au revers : *Samadet 1732*.

Diam., 235 millim.

340 — **Samadet**. Deux assiettes à bord festonné et filet
vert ; au fond personnages de l'époque de la Révolu-
tion ; au marli guirlandes de fleurs.

Diam., 24 cent.

341 — **Strasbourg**. Grand plat ovale à bord contourné,
décor polychrome de grands bouquets de fleurs.
Marque J H.

Long., 55 cent.; larg., 41 cent.

342 — **Strasbourg**. Deux assiettes à bord contourné, décor polychrome de bouquets de fleurs.
Marque Haunong.

Diam., 25 cent.

343 — **Les Islettes**. Très grand plat à poisson, en décor
polychrome composé au fond d'un très grand
nombre de personnages chinois, pêcheurs, musicien ;
au marli, fleurs et terrasse.

Long., 68 cent.; larg., 34 cent.

FAIENCES ÉTRANGÈRES

DELFT

344 — Plaque de forme contournée et dentelée; au bord un galon rouge avec réserves. Elle est entièrement couverte de nombreux médaillons à sujets de personnages et paysages en camaïeu bleu et formant trompe-l'œil sur un fond jaune.

Haut., 37 cent.; larg., 33 cent.

345 — Grande plaque quadrangulaire à angles rentrants, décor en camaïeu bleu. Cette plaque est entièrement couverte d'un sujet avec de nombreux personnages représentant la banque de Law. Dans le haut sur une banderole se trouve le mot *Quincampoix*, et au-dessous le nom de *Law*. Au revers marbrure manganèse avec les initiales M V K 1720.

Haut., 44 cent.

346 — Bas d'une grosse bouteille à pans et cotelée, décor polychrome, formé de quatre grands médaillons composés de branchages, fleurs et oiseaux, reliés par des quadrillés et ornements divers.

Haut., 3o cent.

347 — Bouteille cotelée à double renflement, décor cachemire polychrome.

Haut., 27 cent.

348 — Petite cruche avec monture et couvercle en

argent, décor polychrome rehaussé de dorure; scène chinoise composée de nombreux personnages.

Haut., 21 cent.

349 — Potiche lobée et à double renflement, décor polychrome composé de quatre médaillons avec personnages Watteau. Le couvercle est surmonté d'un bouton en forme de fruit.

Hant., 31 cent.

350 — Paire de cornets de forme cylindrique à décor camaïeu bleu avec grands médaillons en réserve, reliés par des décors persans sur fond bleu.

Marque chinoise au revers.

Haut., 33 cent.

351 — Chat assis, décor camaïeu bleu avec collier en rouge et jaune.

Haut., 20 cent.

352 — Dessus de brosse décor polychrome, au bord bande quadrillée rouge avec fleurs en réserves. Sur le dessus un personnage dans un paysage avec habitation.

Long., 16 cent.; larg., 8 cent.

353 — Deux boîtes en forme de petits canards; décor polychrome au naturel.

Long., 12 cent.

354 — Petit poussah, décor camaïeu bleu avec fleurs et quadrillés.

Haut., 55 millim.

(Vente Fetis.)

355 — Plat à décor fond jaune, avec quatre cœurs en réserves, décorés en polychrome de fleurs et feuillages.

Diam., 35 cent.

356 — Assiette à décor polychrome; au fond, un grand médaillon de fleurs et oiseaux; il est relié au bord par un décor semblable.

Diam., 26 cent.

357 — Assiette d'un décor analogue à celle ci-dessus.

Diam., 26 cent.

358 — Assiette en camaïeu bleu; au milieu, lettres enlacées surmontées d'une couronne de comte. Ce chiffre est entouré d'un motif à enroulement; lambrequins au marli et à la chute.

Marque au revers A P K.

Diam., 23 cent.

359 — Assiette en camaïeu bleu, au centre double écusson entouré d'ornements; au marli et à la chute, lambrequins avec mascarons, guirlandes, feuillages et fleurons.

Marque au revers J B.

Diam., 255 millim.

360 — Assiette décorée en camaïeu bleu et noir ; au fond un écusson entouré d'une couronne d'ornements; au marli, cartouches, fleurs et feuillages.

Diam., 255 millim.

361 — Assiette à décor japonais polychrome et rehaussé de dorure; au milieu un grand vase fleuri avec oiseau. Au marli, lambrequins.

Marque A P K.

Diam., 22 cent.

362 — Assiette à décor japonais polychrome et rehaussé de dorure; au milieu, une grande rosace avec marguerites au centre; au marli, lambrequins.

Marque A P K.

Diam., 22 cent.

363 — Assiette à décor japonais polychrome et rehaussé de dorure; au milieu, un grand médaillon avec lambrequin et vase fleuri au centre, au marli, lambrequins.

Marque A P K.

Diam., 22 cent.

464 — Assiette à décor polychrome dit au Tonnerre.
Marque A P W.

Diam., 225 millim.

ALCORA

365 — Très grand plat à riche décor polychrome. Sur le fond, large bouquet de fleurs, entouré d'une grande couronne également composée de fleurs; le marli est fait d'un décor de style rouennais.

Diam., 58 cent.

366 — Petit vase piédouche à deux anses avec son cou-

vercle, décor polychrome très fin; le pourtour est orné de deux médaillons, l'un représente une dame contemplant un portrait, l'autre une jeune fille aux prises avec l'amour; ces deux médaillons sont séparés par des motifs à chimères, corbeilles de fleurs et rinceaux. Quatre médaillons renfermant alternativement des cupidons et des vases à fruits décorent le couvercle, qui porte intérieurement le nom de Ferrer. Sous le pied du vase, on trouve écrit en bleu : *Soliva Zexcexa.*

Haut., 14 cent. Couvercle. Diam., 15 cent.

367 — Deux bustes, homme et femme sur piédouches quadrangulaires à pans coupés; émail blanc laiteux rehaussé de noir et de jaune; ils portent à peu près la même coiffure poudrée en violet pâle; la femme porte au cou une large collerette émaillée en noir avec un large ruban froncé en jaune et vert.

Homme. Haut., 335 millim. Femme. Haut., 320 millim.

368 — Petite plaque en hauteur de forme rectangulaire à pans coupés; décor polychrome composé d'une femme tenant une gerbe de blé, et de deux enfants portant également des gerbes; ces trois personnages se trouvent dans un paysage. Dans le haut de la plaque on trouve les lettres : M : P : C:

Haut., 25 cent.; larg., 17 cent.

369 — Assiette à décor polychrome; au fond se trouve un grand médaillon représentant une chasse au lion; le marli est décoré d'un lambrequin.

Diam., 235 millim.

370 — Sucrière en forme de balustre et culot godronné, à couvercle adhérent, décorée en camaïeu bleu dans le genre des faïences de Moustiers, avec rinceaux, lambrequins à têtes de femmes, brûle-parfums, etc.

Haut., 22 cent.

371 — Sucrière en forme de balustre et culot godronné avec couvercle ajouré, décorée en camaïeu bleu dans le genre des faïences de Moustiers, avec rinceaux, lambrequins à têtes de femmes et à mufles de lions, reliés par une banderole supportant des hiboux.

Haut., 22 cent.

372 — Moutardier couvert avec bec et anse, décor polychrome d'une figure grotesque entre deux branches fleuries et oiseaux, accompagnée d'un semis de fleurettes ; monture en étain.

Haut., 10 cent.

373 — Plateau de surtout à bord contourné, monté sur trois petits pieds, à décor dit de Bérain en bleu rouge et vert : sujet représentant des personnages attablés, des joueurs de guitare, des singes cuisiniers, etc. Toutes ces figures sont reliées par des guirlandes, des draperies et des rinceaux d'une élégante ornementation. *Alcora ?*

Haut., 39 × 43.

HISPANO-MORESQUES

374 — Grand plat creux à marli droit et étroit. Au centre, dans un médaillon circulaire, le monogramme du Christ en gothiques d'un jaune métallique. Le décor est divisé en compartiments rayonnants, composés de feuilles d'érables, de marguerites. Traits bleu lapis et jaune métallique. Revers de même émail et de même décor. XVe siècle.

Beau plat en très bon état.

Diam., 49 cent.

375 — Grand plat : un lion en occupe toute la grandeur, en couleur rouge rubis métallique ; il est accompagné d'un semis de bouquets de fleurs sur fond chamois.

Revers chamois avec dessins en couleur métallique à reflets dorés.

Fabrique de Manissès.

Diam., 44 cent.

376 — Grand plat à ombilic et à larges bords godronnés ; sur l'ombilic saillant, un quadrillé ou carré à réserves ; entourage de deux zones, l'une de rinceaux à fleurs, l'autre de compartiments rayonnants à décors alternants. Le marli est à godrons en spirales couvert d'imbrications et de rinceaux en réserves. Reflets métalliques nacrés.

Diam., 47 cent.

377 — Grand plat à ombilic ; sur l'ombilic saillant est

un lièvre entouré de deux zones décorées, l'une de rosettes en réserves, l'autre de rinceaux et fleurs. Le marli est entièrement couvert par une rosace dentelée dont le tracé est contourné en bleu ; les dents sont ornées de rosettes en réserves. Reflets métalliques jaunes dorés.

Diam., 49 cent.

378 — Plat creux à ombilic. Un lion tient tout le plat : la tête, la crinière, l'arrière-train et la queue sont en bleu ; il est accompagné d'un semis de bouquets de fleurs. Couleur métallique jaune cuir sur fond blanc chamois. Revers blanc chamois avec parafes et filets en couleur métallique.

Fabrique de Manissès. xviie siècle.

Diam., 41 cent.

379 — Plat creux à ombilic. Il est décoré par moitié de deux décors différents, sur une partie, une demi-rosace formée de quatre divisions partant du centre et venant se terminer au bord ; sur l'autre, fleurs et feuillages ; rehauts de bleu clair sur les deux parties, reflets métalliques.

Diam., 37 cent.

380 — Vase à long col et à deux anses ; la panse, légèrement surbaissée, repose sur un pied ; décor de feuillages et oiseaux à reflets métalliques rouges.

Fabrique de Manissès.

Haut., 30 cent.

ORIENT

38**1** — **Perse.** Grande plaque de revêtement simulant une porte de mosquée à ogives et colonnettes en relief, ainsi que les inscriptions émaillées en bleu, se détachant sur un fond couvert d'arabesques à reflets métalliques mordorés.

Très rare et belle pièce.

Haut., 60 cent.; larg., 40 cent.

382 — **Perse.** Grande plaque de revêtement carrée, décorée en relief sur fond à reflets métalliques cuivreux; un dragon passant occupe presque toute la surface; à la partie supérieure, un ornement en relief, rinceau composé de feuillages et fleurs.

Haut., 36 cent.; larg., 35 cent.

383 — **Perse.** Plaque de revêtement carrée, à frise, décorée de fleurs en relief; elle porte des caractères arabes en relief, émaillés en bleu sur un fond à reflets métalliques brun foncé; le bas de la plaque est bordé par un boudin décoré.

Haut., 26 cent. carré.

384 — **Perse.** Grande plaque de revêtement décorée en camaïeu bleu; dans le haut, une frise de palmes et fleurs; une plus étroite dans le bas; entre ces deux frises, caractères arabes sur un rinceau fleuri; le tout en réserve et en relief blanc sur un fond bleu.

Haut., 345 millim.; larg., 36 cent.

385 — **Perse**. Plaque de revêtement, étoile à huit pointes, décorée d'arabesques, inscription simulée au bord ; coloration jaune à reflets métalliques.

Diam., 31 cent.

386 — **Perse**. Plaque de revêtement, étoile à huit pointes, décorée dans le goût de la précédente.

Diam., 31 cent.

387 — **Perse**. Grande plaque de revêtement à reflets métalliques ; dans le haut, frise en relief à arabesques ; le milieu porte une inscription en lettres arabes en bleu et en relief sous laquelle se déroule un rinceau aussi en relief, émaillé en vert céladon sur fond d'arabesques.

Haut., 35 cent.; larg., 34 cent.

388 — **Perse**, Très beau spécimen de revêtement formé par quatre plaques ayant la forme d'étoiles à huit pointes et de croix décorées d'arabesques bordées d'inscriptions simulées. Reflets métalliques cuivreux et mordorés.

Haut., 62 cent.; larg., 62 cent.

389 — **Perse**. Deux petites étoiles à huit pointes à reflets métalliques cuivreux ; elles sont décorées d'une étoile à huit pointes en jaune, circonscrite par une autre sur fond bleu qui forme bordure.

Diam., 145 millim.

390 — **Perse**. Carreau de revêtement, polychrome, décoré de quatre rosaces avec bouquets de fleurs sur

fond blanc, séparées par quatre médaillons semblables représentant une porte de ville sur fond vert céladon; cette décoration est posée sur un quadrillé jaune citrin.

Haut., 24 cent. carré.

391 — **Perse.** Carreau de revêtement, décoré de palmes, feuillages et fleurons, jaune, vert et bleu avec tiges vert céladon en réserves sur fond jaune d'or, imitant parfaitement le métal.

Haut., 23 cent.; larg., 235 millim.

392 — **Perse.** Plaque de revêtement rectangulaire dont le motif est en hauteur; elle est décorée en réserves sur fond noir d'une branche fleurie; le trait est bleu cobalt, le centre des fleurs bleu turquoise.

Rare spécimen.

Haut., 325 millim.; larg., 160 millim.

393 — **Perse.** Carreau de revêtement, décoré sur fond jaune citron d'une figure d'homme vu à mi-corps; il est coiffé d'un bonnet vert, le vêtement de dessous est bleu turquoise quadrillé en noir, celui de dessus est bleu, jaune et vert; fleurs et feuillages autour.

Haut., 220 millim ; larg., 225 millim.

394 — **Perse.** Carreau de revêtement sur fond bleu turquoise, palme et rosaces trait noir et bleu, émaux rouges, bleu et vert.

Haut., 24 cent. carré.

395 — **Perse.** Carreau de revêtement, décoré sur fond jaune d'un lynx dessiné par un trait noir, remplissage

couleur bronze, entouré d'un rinceaux à feuillages
verts et fleurs bleues.

Haut., 230 millim.; larg., 115 millim.

396 — **Perse**. Plaque rectangulaire, décorée dans le
style arabe d'entrelacs, etc., en blanc émaillés en vert
et bleu sur fond rouge.
Très belle qualité.

Larg., 25 cent.; haut., 15 cent.

(*Vente Riocreux.*)

397 — **Perse**. Carreau de revêtement, dans un médaillon
lobé entouré de motifs arabes s'enlevant en blanc et
vert sur fond rouge ; un oiseau à aigrette et longue
queue est perché au centre d'une branche fleurie.
Émaux vert, rouge et bleu.

Haut., 25 cent. carré.

398 — **Perse**. Carreau de revêtement, décoré sur fond
bleu d'entrelacs émaillés en jaune citron, formant
des compartiments ornés de fleurs sur fond vert
céladon et vert de cuivre.

Haut., 23 cent. carré.

399 — **Perse**. Petit vase de forme surbaissée à large
orifice et petite anse, décoré en bleu turquoise
et noir d'un rinceau de fleurs et feuillages sur fond
blanc.

Haut., 95 millim.

400 — **Rhodes**. Plat creux à bords chantournés, décor
polychrome ; au centre un cyprès entouré d'œillets
d'Inde à feuillages en vert de cuivre, sur tiges brisées

doubles et symétriques de jacinthes à fleurs bleues ;
le bord divisé en compartiments avec palmettes bleues
sur fond filigrané noir.

Diam., 37 cent.

401 — **Rhodes.** Plat creux à marli filigrané à réserves ;
au milieu un cyprès autour duquel sont des tiges
d'œillets et autres tiges fleuries en bleu, rouge et
feuillages vert de cuivre.

Diam., 335 millim.

402 — **Rhodes.** Plat creux à bords chantournés d'un
décor analogue aux deux précédents, mais dont le
coloris est plus vif.

Diam., 295 millim.

403 — **Rhodes.** Petit plat à marli filigrané noir avec
réserves ; sur le fond vert une rosace à pétales
bleues autour de laquelle s'irradient des tiges qui se
recourbant donnent naissance à des feuilles orne-
mentales en rouge et blanc.

Diam., 25 cent.

404 — **Rhodes.** Plat creux fond bleu turquoise, décor
en noir d'un médaillon central se reliant au marli
par un motif rayonnant composé de fleurs et ornements ; au marli, rinceau de fleurs.

Diam., 32 cent.

405 — **Kutahia.** Petit vase à anse et déversoir allongé,
couvercle en dôme surmonté d'un bouton, monté sur
charnière en cuivre ; ce petit vase dit marabout est
décoré de fleurs, feuillages et palmettes en émaux de
couleur sur fond blanc.

Haut., 16 cent.

406 — **Kutahia**. Petit vase à anse de forme élancée, décor polychrome avec parties en relief, d'un grand médaillon ovale tenant presque toute la hauteur relié à l'anse par des rinceaux de fleurs et feuillages.

Haut., 17 cent.

(Vente du Sartel.)

ITALIE

407 — **Chaffagiolo**. Plat rond, le centre armorié, entouré d'ornements se détachant sur un fond varié de nuances. Au pourtour et au marli, arabesques, fleurs et livres ouverts, dont deux portent les mots *semper vivat* en bleu rehaussé de vert et de jaune sur fond blanc. Au revers du plat la marque de fabrique : *P. in Chaffaginollo.*

Diam., 45 cent.

(Vente Castellani.)

408 — **Chaffagiolo**. Petit plat à fond creux et large marli; sur un fond noir, au centre, un buste d'homme, coiffure orientale en bleu. Ce médaillon est entouré d'entrelacs et de feuillages de style arabe. Le marli est orné de quatre entrelacs en bleu alternant avec des fleurons émaillés en blanc ; la bordure en bleu qui entoure cette décoration est du genre et du style appelé *Piccolopasso, Porcellana.*

Diam., 24 cent.

409 — **Chaffagiolo**. Cornet avec anse, décor polychrome de têtes de chérubins encadrées par deux

6

bandes formées de caissons carrés et d'oves séparés par des filets.

Haut., 22 cent.

410 — **Chaffagiolo**. Carreau de revêtement. Dans un grand médaillon, buste d'homme, profil à gauche, costume du xvᵉ siècle, fleurons aux quatre angles, décoration polychrome. xvᵉ siècle.

Dim. : 19 × 19.

411 — **Chaffagiolo**. Petit plat creux. Dans le fond, un blason sur un fond bleu entouré de filets verts et bleus ; à l'intérieur, rinceaux fleuris ; sur le marli, ornements composés avec des queues de paons disposées en rinceaux.

Diam., 225 millim.

412 — **Chaffagiolo**. Grand vase de pharmacie, forme bouteille, décor polychrome. Sur la face, une femme nue, debout, les pieds sur un hémisphère, file au fuseau ; comme encadrement, des rinceaux jaunes sur fond bleu. Au bas, une inscription pharmaceutique.

Haut., 40 cent.

413 — **Chaffagiolo**. Petit plat creux. Au centre, un carrelage à traits noirs, remplissage orangé et blanc pointillé, encadré d'une frise bleu ombré. Au marli, imbrications, trait noir, remplissage orangé.

Diam., 23 cent.

(Collection Willet.)

4¹4 — **Chaffagiolo.** Petit plat à large marli ; au centre,
sur fond bleu, un buste de femme, profil à gauche,
coiffée d'un bonnet émaillé vert, pointillé jaune. Le
marli est composé de zones d'ornements divers en
jaune orangé et bleu ombré.

Diam., 2¹ cent.

4¹5 — **Chaffagiolo.** Plateau rond décoré en polychrome
sur ses deux faces : sur une, un amour tenant des
fleurs dans chaque main est placé au centre dans un
médaillon rond ; toute la surface qui entoure ce médaillon est occupée par des ornements divers ; l'autre
face est entièrement couverte par une grande rosace.

Diam., 3¹ cent.

(Collection du comte Maffei.)

4¹6 — **Chaffagiolo.** Petit plat à large marli, décoré au
centre d'un dauphin en bleu sur fond jaune ; au marli
rayonne obliquement une rosace de feuillages, trait
bleu ombré sur fond jaune orangé.

Diam., 22 cent.

4¹7 — **Chaffagiolo.** Petit plat creux à large marli ; au
centre en polychrome, armoirie entourée de rinceaux
bleus ; sur le marli, rinceaux interrompus par des
trophées et des banderoles en bleu et vert. Au revers,
la marque de fabrique.

Diam., 25 cent.

4¹8 — **Chaffagiolo.** Petit plat à large marli ; au centre
en bleu et deux tons de jaune, rosace étoilée sur fond

jaune ; ce médaillon est entouré de deux bandes à imbrications bleues et jaunes allant jusqu'au bord.

Diam., 22 cent.

419 — **Chaffagiolo.** Petit plat à large marli ; au centre, damier blanc, vert et rouge formant médaillon ; le marli couvert par des godrons en relief rayonnant obliquement ; décor bleu et vert.

Diam., 22 cent.

420 — **Chaffagiolo.** Cornet de pharmacie de forme cylindrique, décor polychrome d'une très large bande d'ornements en enroulement de masques d'hommes, de têtes de chérubins, etc., sur fond jaune clair, jaune orangé et bleu. A la partie supérieure, une inscription.

Haut., 24 cent.

421 — **Chaffagiolo.** Plaque carrée, décor polychrome ; elle représente saint Pierre, la Vierge tenant l'Enfant Jésus qui embrasse saint Jean ; fond de paysage.

Haut., 26 cent.; larg., 26 cent.

422 — **Faenza.** Disque décoré d'une marche de guerriers dont l'un porte un étendard déployé jaune orange avec un lion noir passant ou grimpant, décor polychrome. Au revers, étoile en traits bleus et la lettre F.

Diam., 22 cent.

(Vente du baron de Theïs.)

423 — **Faenza.** Coupe à larges bords sur le fond bleu,

buste de jeune femme, profil à gauche, en grisaille ;
au marli, rinceaux et palmettes en *sopra bianco*.

Diam., 255 millim.

424 — **Faenza**. Petit plat à larges bords, entièrement
couvert par un décor composé de rinceaux au marli
et d'une rosace au centre. *Bianco sopra bianco*.

Diam., 30 cent.

425 — **Faenza**. Assiette creuse à large marli ; décor
bianco sopra bianco sur le marli ; dans le fond polychrome, un amour assis sur un gazon tient un oiseau
qu'il va laisser échapper.

Ce charmant spécimen de blanc sur blanc donne
l'idée d'une de ces broderies anciennes qu'on nomme
guipures ou point coupé.

Diam., 22 cent.

426 — **Faenza.** Petite coupe ; le fond est décoré d'un
médaillon représentant une déesse armée d'une longue flèche et d'un carquois, accompagnée d'un amour
tenant un cœur ; décor polychrome sur fond bleu
cendré. Bordure à arabesques chimériques bleu clair
modelées en blanc sur un fond bleu foncé.

Diam., 18 cent.

427 — **Faenza**. Petit plat à large marli ; au centre, sur un
fond jaune, amour attaché au pied d'un arbre ; ce médaillon, posé sur un fond bleu cendré, est entouré
d'une couronne de minces feuillages en blanc. Le

marli est chargé d'arabesques en bleu cendré éclairé de blanc sur fond bleu lapis.

Diam., 235 millim.

428 — **Faenza**. Petit plat à large marli ; au fond, dans un peti médaillon fond bleu, une tête d'homme barbu dessinée et modelée en bistre. Le marli est décoré de rinceaux et entrelacs *bianco sopra bianco* bordés par une guirlande de feuillages et glands de chêne en émaux de couleur.

Diam., 25 cent.

429 — **Faenza**. Petit plat avec armoirie au centre dans un médaillon rond entouré d'un décor en rosace blanc sur blanc ; sur le bord, un galon bleu en zigzags.

Diam., 225 millim.

430 — **Faenza**. Coupe hémisphérique sur piédouche ; à l'intérieur, dans un médaillon entouré d'un zigzag entre deux filets bleus et oves vertes, un buste de femme sur fond bleu ; elle est coiffée d'une toque rayée noire et jaune, fichu jaune brodé, robe à bandes jaunes ; derrière la tête, l'inscription : Casandra. B. A l'extérieur, reliefs simulant une pomme de pin.

Diam., 17 cent.; haut., 12 cent.

431 — **Faenza**. Petit plat à large marli ; dans un médaillon rond, au centre, tête en forme de casque accompagnée de trophées ; au marli, même décoration. Grisaille sur fond bleu, rehaut de blanc.

Diam., 24 cent.

432 — **Faenza**. Vase à deux anses sur piédouche, décor
polychrome de rinceaux fleuronnés, couronnes, etc.;
au culot du vase, godrons simulés en traits bleus.

Haut., 22 cent.

433 — **Faenza**. Coupe sur piédouche; armoirie au centre
en polychrome entouré d'un ornement blanc en relief
composé d'arabesques ; le fond est pointillé bleu ;
rinceaux en bleu sur le bord.

Diam., 29 cent.

434 — **Faenza**. Petit plat à ombilic, décor bleu rehaussé
de blanc ; sur l'ombilic, médaillon contenant une tête
de femme ; au marli, frise à enroulement composée
d'ornements, de fleurs et d'insectes.

Diam., 25 cent.

435 — **Faenza**. Plat à ombilic, décoré en camaïeu bleu ;
au centre, le buste de **Néron**; autour de l'ombilic,
une couronne de fines arabesques ; sur le bord, large
galon. Marque de fabrique en bleu au revers.

Diam., 34 cent.

436 — **Faenza**. Petit cornet de pharmacie de forme cylindrique avec bourrelet au col et au pied ; il est décoré
de quatre médaillons ronds en camaïeu bleu et jaune
alternants; ils se détachent sur un fond gris rosé,
décoré en *sopra bianco*, bordé haut et bas par une
couronne de feuillages.

Haut., 18 cent.

437 — **Gubbio.** Petite coupe à ombilic en relief; le centre

représente, dans un médaillon rond sur fond rubis, *Cosmo de Medicis* (?) ; tête de profil à gauche, presque à mi-corps ; costume rouge rubis et jaune métallique ; sur le bord, des pommes de pin en relief prenant naissance sur l'ombilic, alternant avec des cerises également en relief surmontant des feuillages ; remplissage jaune et rouge rubis métalliques sur fond maïs. Revers maïs avec des cercles rouges métalliques.

Très belle pièce du commencement du XVIe siècle.

Diam., 20 cent.

(Collection Willet.)

438 — **Gubbio.** Coupe à ombilic, sur lequel un aigle en relief sur fond bleu entouré d'un filet en relief à reflets rubis ; bord orné de feuilles de chêne et de glands surmontant des feuillages également en relief ; trait bleu, remplissage jaune et rouge rubis métalliques sur fond blanc.

Diam , 21 cent.

439 — **Gubbio.** Petite coupe ; au fond, dans un médaillon, buste de femme, profil à gauche, en costume du xvie siècle, chemise montante plissée, trait bleu, corsage jaune à reflets métalliques, manche rouge ; le bord à compartiments de feuillages et d'imbrications jaunes et rouges à reflets métalliques.

Jolie pièce du XVIe siècle.

Diam., 17 cent.

440 — **Deruta.** Grande coupe, à panse renflée, sur piédouche, décor bleu d'arabesques chimériques et

cornes d'abondance, médaillons avec bustes de femme; sur le col, deux blasons coloriés.

Haut., 26 cent.; diam., 28 cent.

441 — **Deruta**. Plat rond à ombilic, un buste de femme tourné à gauche, encadré dans une moulure en jaune métallique; le fond couvert d'imbrications alternant avec deux compartiments à feuillages; le bord chargé de zigzags formé d'ornements en amandes; trait bleu, remplissage de jaune métallique.

Diam , 34 cent.

442 — **Deruta**. Petit plat; au centre, dans un médaillon carré, une fraise; sur le marli, ornements formant rosace, trait bleu ombré, remplissage de couleur jaune métallique.

Diam.; 205 millim.

443 — **Deruta**. Vase à deux anses, sur piédouche, décor bleu et jaune métallique, orné de deux médaillons avec fleurs et palmettes entre lesquelles est l'inscription : MARIA-B. Ces médaillons séparés par des fleurs et feuillages sur fond bleu; sur la panse, le culot et le pied, quadrillés et godrons en jaune sur fond bleu.

Haut., 28 cent.

444 — **Pesaro**. Plat rond, dragon héraldique ailé tenant l'écusson de la ville de Pérouse; de chaque côté une corne d'abondance et des fleurs formant encadrement; dans le haut, le mot *Viva*, trois fois répété. Reflets

métalliques mordorés, rehaussés de bleu sur fond
blanc.

Diam., 41 cent.

(Vente Castellani.)

445 — **Pesaro.** Assiette, décor polychrome : une femme
dans l'eau jusqu'aux genoux tient sa robe et sa chemise relevées ; elle est entourée d'une banderole qui
porte l'inscription : *ceva · gro · sa · porta.*

Diam., 22 cent.

446 — **Pesaro.** Grand plat à reflets métalliques jaune
chamois rehaussé de bleu ; il est décoré sur le fond
d'un buste de femme à coiffure ailée, profil à gauche ;
banderole avec l'inscription : *La vita el fina el di
loda · la sera.* Marli orné par quartiers d'imbrications
et de grands fleurons symétriques séparés par des
galons.

Diam., 41 cent.

447 — **Pesaro.** Grand plat à reflets métalliques, analogue
au précédent ; buste de femme, vue presque de face,
banderole avec inscription.

Diam., 41 cent.

448 — **Pesaro.** Grand plat, décor polychrome ; sur le
fond, armoirie papale surmontée des clefs de saint
Pierre et de la tiare ; la décoration du marli est composée de fleurons sur jaune ocre.

Diam., 41 cent.

449 — **Urbino.** Petit plat à large marli, décoré d'un

sujet à personnages : scène de lapidation, sur un fond
de paysage ; un blason sur le haut d'un vélum attaché
à dés arbres sur le côté gauche. Au revers, une inscription en bleu,

Diam., 265 millim.

450 — **Urbino.** Coupe godronnée et dentelée, décor polychrome ; le fond occupé par un blason entouré de
grotesques, de chimères et d'arabesques ; dans un cartouche, l'inscription : C. PIA.

Diam., 31 cent.

451 — **Urbino.** Couvercle ovale de coupe d'accouchée,
décor polychrome ; sur le dessus, l'Enfance d'Hercule ;
à l'intérieur, femme ailée tenant un vase. Cette pièce,
attribuée à Orazio Fontana, est reproduite dans l'ou-
vrage de Delange, sur les faïences italiennes.

Grand diamètre, 180 millim.; petit diamètre, 135 millim.

452 — **Urbino.** Grand plat entièrement décoré en polychrome d'arabesques et grotesques sur fond blanc
avec un médaillon central offrant un sujet léger : Mars
et Vénus.

Diam., 43 cent.

453 — **Urbino.** Petit plat à large marli, décor polychrome :
David vainqueur de Goliath; des soldats, de riches
tentes, un fond de paysage complètent le tableau. Au
revers, une inscription et la date : 1585.

454 — **Urbino.** Coupe sur piédouche ; au centre, médaillon rond encadré d'un boudin orangé offre un petit

buste de femme les seins nus, sur fond jaune ; un décor rayonnant, dit plumes de paon, occupe tout le fond de la pièce. Décor polychrome.

Diam., 21 cent.

(Collection Willet.)

455 — **Urbino.** Petite coupe de forme hémisphérique sur piédouche en polychrome ; à l'intérieur un cartouche portant l'inscription : Roma-Anno-Jubilei 1600. Le reste de la pièce est décoré dans le style de Raphaël, sur fond blanc.

Diam., 16 cent.; haut., 10 cent.

(Vente Castellani.)

456 — **Urbino.** Petit plat à large marli, décor polychrome de quatre personnages : scène représentant le Sacrifice d'Abraham. Au revers, inscription en bleu.

Diam., 235 millim.

457 — **Castel-Durante.** Plat rond et creux, décor en clair obscur donnant l'apparence d'un bas-relief; au centre, Hercule et Cerbère ; au marli, chiens poursuivant des lions, des ours et des taureaux. Au revers, le monogramme C. D.

Diam., 33 cent.

(Vente Castellani.)

458 — **Castel-Durante.** Deux vases, potiches de forme ovoïde, décorées en polychrome de médaillons de

saintes sur une face. Le reste du décor est composé de rinceaux, entrelacs, etc., sur fond jaune.

Haut., 34 cent.

459 — **Castel-Durante**. Coupe godronnée et dentelée, sur l'ombilic : Amour assis tenant une baguette; ce médaillon est entouré de filets bleus; tout le reste de la pièce est couvert de trophées en camaïeu jaune sur fond bleu.

Diam., 25 cent.

460 — **Castel-Durante**. Grand vase de pharmacie de forme cylindrique; sur l'une des faces, un grand médaillon dans lequel se trouve un buste de jeune femme; sur l'autre face, dans un cartouche accompagné de deux figures nues, surmonté d'un médaillon représentant un buste de vieillard, l'inscription : Mostarda. Décor polychrome.

Haut., 41 cent.

461 — **Castel-Durante**. Grand vase de pharmacie de forme cylindrique, grosse tête de satyre avec petite tête entre les cornes; sur l'autre face un cartouche avec l'inscription : Mostarda. Trophées d'armes, etc., sur fond bleu. Décor polychrome.

Haut., 43 cent.

462 — **Castel-Durante**. Petit plat très creux, décor polychrome; au fond, une armoirie; de chaque côté, les lettres V-I.; le marli est décoré de quatre motifs d'ornements en bleu et jaune orange alternant avec quatre disques à fond jaune et vert.

Diam., 21 cent.

463 — **Castel-Durante**. Grosse potiche forme boule, décor polychrome, médaillon de saint personnage sur fond blanc ; le reste de la pièce entièrement décoré d'ornements à grands rinceaux sur fond bleu.

Haut., 38 cent.

464 — **Castel-Durante**. Buste d'empereur romain, décor polychrome.

Haut., 24 cent.; larg., 24 cent.

465 — **École des Robbia**. Grande plaque cintrée, basrelief. La Vierge nimbée porte l'Enfant Jésus dont elle soutient le bras droit pour bénir un petit saint Jean ; dans le bas, au-dessous de la main de la Vierge, un livre ouvert sur lequel est écrit l'*Ave Maria* ; fond de nuages, bleu sur émail blanc ; dans le haut du ciel, quatre têtes de chérubins. Cette belle pièce est polychrome. Cadre en noyer à oves.

Haut., 55 cent.; larg., 38 cent.

466 — **École des Robbia**. Figurine d'ange nimbé, agenouillé et tourné vers la droite, tenant la base d'un flambeau, sculpture en terre cuite avec vêtements émaillés.

Haut., 40 cent.; larg., 27 cent.

467 — **La Frata**. Grand plat à larges bords ; au fond, dans un médaillon rectangulaire, saint Antoine de Padoue entouré de rinceaux à larges feuilles découpées ; sur le marli, des têtes de chérubins alternant avec des bras croisés. Décor par engobe, rehaut de vert et de bistre, le tout recouvert d'un vernis. Au

revers, en creux, l'inscription : *Questo prato laie fato fo Antonio Maria Antonelli.*

Diam., 43 cent.

468 — La Frata. Grand plat creux ; au centre, un blason entouré de fleurs en relief ; le marli est orné par quartiers de fleurons symétriques et de dauphins dont la queue se termine par un feuillage découpé ; rehaut de vert, de jaune et de bleu ; remplissage jaune violet. XVIe siècle.

Diam., 40 cent.

469 — La Frata. Petit plat ; au fond, dans un médaillon, buste de femme de profil, en costume du XVIe siècle ; ce médaillon, entouré d'un galon ; sur le bord, zigzags de fleurs. Décoration polychrome.

Diam., 20 cent.

470 — Castelli. Gourde de forme lenticulaire sur piédouche à deux goulots, décor polychrome ; sur une face, Vénus assise brise sur son genou l'arc de l'Amour ; sur l'autre, Neptune, armé du trident, est assis, le bras gauche appuyé sur une urne à source.

Haut., 20 cent.

471 — Milan. Assiette à bord festonné ; elle est divisée de quatre médaillons fond blanc se détachant sur fond bleu couvrant toute l'assiette ; les médaillons offrent une décoration polychrome de soldats, paysans, arbres, oiseaux et insectes. Signé au revers en rouge : *Milano.*

Diam., 24 cent.

472 — **Milan**. Assiette à bord contourné, décorée en plein d'un ruban de dentelle en zigzags colorié en brun ; il se tortille avec un autre plus étroit en jaune rayé de bleu ; au centre, une fleur.

Diam., 24 cent.

VITRINES

473 — Vitrine en fer poli s'ouvrant à deux vantaux et reposant sur des pieds forme toupie avec trois tablettes en glace et à crémaillères.

Haut., 2 mètres ; larg., 1 m. 20 cent. ; prof., 40 cent.

474 — Vitrine semblable à la précédente.

Mêmes dimensions.

475 — Vitrine à quatre faces sur socle en bois noir avec quatre tablettes en glace ; le dessus est également vitré en glace.

Haut., 2 mètres ; larg., 83 cent. ; prof., 60 cent.

476 — Vitrine semblable à la précédente.

Mêmes dimensions.

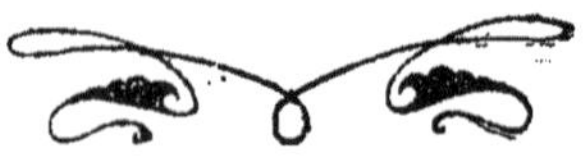

Milton Keynes UK
Ingram Content Group UK Ltd.
UKHW020023191023
430900UK00008B/783